AF197606

Ursula Hahnenberg

Hilfe, mein Mann ist Modellbauer

Mit Illustrationen
von Klaus Heilmann

© 2018, Ursula Hahnenberg, 10719 Berlin
Lektorat: Büchermachen-Team · www.buechermachen.de
Satz & Layout/eBook: PCS Books · www.pcs-books.de
Cover: Corina Witte-Pflanz · www.ooografik.de
Fotos: Csilla Kancsar · www.sternchenfoto.de / Privat
Karikaturen: Klaus Heilmann · www.kunstmalstudio.de
Covergrafiken: Klaus Heilmann; www.fotolia.com:
#176046235 | Urheber: dvolkovkir1980; #82034980
| Urheber: Claudia Balasoiu; #123245400 | Urheber:
timoshenkoanna

Druck und Verlagsdienstleister:
tredition GmbH, Halenreie 40-44, 22359 Hamburg
Printed in Germany
1. Auflage

978-3-7439-8888-0 (Paperback)
978-3-7439-8889-7 (Hardcover)
978-3-7439-8890-3 (e-Book)

iNhaltsVeRzeichNiS

VORWORT

Die vorliegenden Kolumnen sind von August 2012 bis September 2016 in der Modellzeitschrift »Rotor« erschienen. Monat für Monat beschrieb ich, Ursula Hahnenberg, das Zusammenleben mit den besessenen Hobbypiloten in meiner Familie, Klaus Heilmann hielt die Themen unermüdlich in seinen Karikaturen fest.

Als mein Mann und mein Sohn mit dem Modellhelikopterfliegen begannen, war klar, dass ich nicht mitmachen würde. Ich habe ja schon Probleme, ein ferngesteuertes Auto zu lenken. Und wenn es dann auf mich zufährt – keine Chance mehr. Das alles dann noch mit einer Dimension mehr? Ich habe also meinen eigenen Weg gefunden und der bestand darin, über die beiden und ihr Hobby zu schreiben. Ein paar Wochen und einige E-Mails später hatte ich eine Kolumne in einer Zeitschrift. Gut, es war nicht die Brigitte und auch nicht das Süddeutsche Zeitung Magazin, aber immerhin die »Rotor«. Vielen Dank! Und aus einer lustigen Idee entstanden drei Jahre tolle Zusammenarbeit mit der Redaktion und dem Zeichner Klaus Heilmann.

Nun endlich erscheinen die gesammelten Kolumnen mit den dazugehörigen Zeichnungen als Buch.

Wir wünschen Ihnen viel Spaß beim Lesen!

EVOLUtiON

Früher fuhr mein Mann mit Modellautos. Schon bevor ich ihn kannte, eigentlich seit frühester Jugend.

Unsere Söhne lieben Modellautos. Oft kommen sie zu mir und fragen mich: »Mama, kann ich was Ferngesteuertes spielen?«

Leider zählen in ihrer Welt auch WII, Computer und Fernseher zu den ferngesteuerten Geräten. Aber Autos sind ganz weit vorne. Wenn Mama sich mehr mit Ladetechnik beschäftigen würde, kämen wir sicher täglich in den Genuss dieses eigentümlich sirrend-kreischenden Tons, den Modellautos von sich geben.

Seit drei Jahren sind wir einen Schritt weiter: Mein Mann und unser ältester Sohn fliegen Helikopter. Das Schöne daran ist, sie sind das Wochenende über beschäftigt (und ich kann mich um die Fußballkarriere unseres Jüngsten kümmern …).

Letztes Jahr im Urlaub in einem Modellfliegerhotel in Kärnten lernte ich eine Menge älterer Herren kennen, deren Hobby das Segelfliegen ist. Sie waren sehr lebenserfahren und weißhaarig. Und alt. Aber sie flogen mit Freude, Muße und viel, viel Zeit ihre Segelflieger …

Wenn wir auf Modellbauausstellungen gehen (was immer seltener vorkommt, seit wir auf Heli-Veranstaltungen gehen), frage ich mich immer, wer zum Teufel ferngesteuerte Schiffe baut. Ich bewundere die Geduld und die bautechnische Leistung, aber damit zu fahren? Das rockt nicht. Leider kann man nur selten einen Blick auf einen der Erbauer erhaschen. Vielleicht bekommen die im Altersheim nur wenig Ausgang.

Alles in allem konnte ich eine Evolution des Modellbauers feststellen: vom Auto zum Heli geht die Kurve steil bergan. Wenn es zum Segelflug geht – naja, dann ist die Midlife-Crisis jedenfalls schon überstanden. Seinen Lebensabend beschließt der Modellbauer mit Schiffen. Ich werde es erleben!

In diesem Sinne: Machen Sie nichts kaputt!

Mein Cabrio

Eins will ich vorwegschicken: Wir wohnen auf dem Land, ein Zweitauto ist Pflicht. Bevor wir Kinder hatten, fuhr ich eine kurze, aber sehr schöne Zeit einen Mazda MX5. Das Gefühl, ohne Dach durch die Gegend zu brausen, den Fahrtwind zu spüren, den Sommer in vollen Zügen zu genießen, ist unbeschreiblich. Ein sportliches Fahrwerk, jede Unebenheit im Asphalt übertrug sich direkt auf das Lenkrad.

Ehrliches, ursprüngliches Fahrgefühl! Ein extra Koffer, den man hinten auf den Kofferraumdeckel

schnallen konnte, für den Fall, dass im Kofferraum mehr als eine Handtasche liegen soll. Ich habe natürlich einen Hang zu kleinen Autos. Die lassen sich besser einparken, sind wendiger und kosten weniger. Dann kamen die Kinder und ich fuhr fortan praktische Autos, in deren Kofferraum Kinderwagen passen.

Die Kinder sind jetzt größer und brauchen weniger Platz. Kinderwagen müssen längst nicht mehr transportiert werden. Getränke und Gemüse lassen wir nach Hause liefern. Ich brauche kein großes Auto. Ich mag kein großes Auto. Es ist Zeit für Freiheit, Sonne, Sommer und Wind. Es ist Zeit für ein Cabrio!

Ich fahre aber trotzdem keins.

Ich fahre einen VW Bus. Hinten im Kofferraum gibt es einen Ablagetisch mit einigen Löchern darin. Da kann man(n) Modellhelikopter festschrauben. Man(n) kann die Sitzbänke verschieben und Zelte, Pavillons, Koffer und Werkzeug in den Bus packen und zu Heli-Events fahren. Man(n) kann damit Rasenmäher zu Flugplätzen transportieren. Man(n) kann damit durch matschige Feldwege fahren und den Wagen dann so zu Hause abstellen. Man(n) kann auch damit in Urlaub fahren und trotzdem seine Familie mitnehmen, denn neben den Heli-Sachen ist ja noch Platz.

Alles in allem bringt ein VW Bus also nur Vorteile - für die ganze Familie!

In diesem Sinne: Machen Sie nichts kaputt!

VENLO

»Ach«, sagt mein Mann, als wir alle beim Frühstück sitzen, »wäre das schön, wenn mich jemand nach Venlo fahren würde.«

Selber fahren kann er nicht, weil er vor ein paar Tagen am Knie operiert wurde.

»Ich kann ja fahren«, bietet unser Großer hilfsbereit an. Er ist acht. Mein Blick bringt ihn schnell zum Schweigen. Andererseits wäre es sicher lustig, das Gesicht der Autobahnpolizisten zu sehen, wenn die beiden angehalten würden.

»Oder wir fahren Taxi«, schlägt unser Sohn vor. Kreative Lösungen liegen ihm.

»Ich schätze, das würde uns mindestens 700 Euro kosten.« Damit beendet mein Mann das Thema.

Ich? Nein, mein Interesse daran, übers Wochenende aus dem Süden der Republik bis nach Holland zu fahren, hält sich in sehr engen Grenzen. Auch wenn es die 3D Heli Masters sind.

Aber für einen Modellflieger sieht die Sache ganz anders aus: Wenn man nicht selbst fliegen kann, macht es Spaß, eine Veranstaltung zu besuchen und zu gucken. Aber manchmal ist das auch nicht drin.

Ein paar Stunden später haben meine Männer die drittbeste Lösung gefunden. Aus Venlo gibt es einen Livestream. So kommen die beiden doch in den

Genuss, echte Könner bei ihrer Kunst zu beobachten. Da sind meine Modellflieger doch schon wieder
etwas besser gelaunt. Noch etwas später läuft die
Übertragung aus Venlo sogar auf dem Fernseher.

Was zwei Erkenntnisse meinerseits mal wieder be-
stätigt: Erstens sind Modellflieger Technikfreaks.
Und zweitens: Ein Wochenende ohne Helis (in welcher
Form auch immer) ist ein vergeudetes.

In diesem Sinne: Machen Sie nichts kaputt!

Rasen Mähen

Bevor mein Mann anfing, Modellhelikopter zu fliegen, hatte ich eine eher eindimensionale Vorstellung vom Rasenmähen. Sie hing eng mit unserem Garten und einem Elektrorasenmäher zusammen. Mein Mann mäht unseren Rasen nie. Das ist meine Aufgabe, was er mit einer diffusen botanischen Phobie entschuldigt. Bitten und betteln helfen nichts. Haus und Hof unterliegen meiner Obhut, alles was Krach macht und stinkt (mit Ausnahme von Babys und Windeln) übernimmt mein Mann.

Dann kam der erste T-Rex 500 ins Haus. Mein Göttergatte wurde Vereinsmitglied im Modellflugverein. Eines schönen Nachmittags stand dann ein funkelnder blauer Akkurasenmäher auf der Terrasse. Mein Mann mähte eine Runde durch den Garten. Ich freute mich: War ich endlich oft genug über das Kabel gefahren? Ja! Und nein. Der Akkurasenmäher wurde auf dem Flugfeld gebraucht. Mein Mann mähte fortan Rasen, allerdings nicht zu Hause …

Nun, es gibt ja nicht nur eine Methode, nicht nur ein Gerät, Rasen zu mähen. Mein Mann nutzt seit ein paar Tagen noch eine andere: im Verein wurde jetzt ein Aufsitzrasenmäher angeschafft. Nun werden Tuningmöglichkeiten getestet, man reißt sich drum, die Wiese zu kürzen. Soll man da einen Aufkleber mit einigen Ringen oder doch einen weiß-blauen Rotor draufkleben? Wenn er nicht so klein wäre, würde ich unseren Garten gerne zum Fliegen frei geben – wenn dafür der Rasen gemäht wird!

Zum Entfernen von Grasflecken aus Jeans empfehle ich übrigens Gallseife, von Rotorblättern bekommt man sie besser mit Glasreiniger weg.

In diesem Sinne: Machen Sie nichts kaputt!

sie sind überall!

Bei uns im Wohnzimmer stehen Modellhubschrauber. Im Moment acht Stück in allen Größen, wenn ich mich nicht verzählt habe. Mein Mann hat einen Arbeitsplatz im Wohnzimmer, daran wird geschraubt und gebastelt. Auf einem Regal liegen Modelle, einige auch auf dem Boden (was darauf schließen lässt, dass mein Mann auf sein Glück vertraut. Immerhin teilen wir dieses Haus mit zwei minderjährigen männlichen Mitbewohnern, die ab und an vergessen, dass das Wohnzimmer kein Fußballfeld ist). Der Rest steht im Hobbykeller. Damit ist mein Mann in einer beneidenswerten Position unter den Modellbauern: Erstens werden Helikopter im Wohnzimmer geduldet und zweitens hat er einen Hobbykeller zur Verfügung. Soweit, so aufgeräumt. Aber ein Flugtag erfordert einiges an Vorbereitung: Fernsteuerung, Akkus und Material werden bis an die Haustür geschleppt (wo sie den Flur verstopfen) und in den Transporter geladen. Bis es soweit ist, trainiert die Familie grobmotorische Fähigkeiten im teuersten Hindernisparcours weit und breit.

Gut wäre also, wenn man von dem Parkplatz direkten Zugang zum Helischraubplatz hätte. Bei einem befreundeten Piloten ist das so: Er fällt von der Tiefgarage praktisch direkt in den Hobbykeller. Bei unseren Besuchen habe ich noch nie einen Heli im Wohnzimmer gesehen. Allerdings besteht die große Gefahr, dass die Piloten bei der Ankunft im Haus gleich im Keller hängen bleiben: Man hört die Tür, eventuell noch ein »Hallo«. Sehen kann man aber keinen, bevor nicht wenigstens das Abendessen fertig auf dem Tisch steht.

Kein Vergleich aber zu dem, was sich bei anderen Bekannten abspielt. Kein Hobbykeller: Hubschrauber überall: im Wohnzimmer, im Schlafzimmer und auch in der Küche. Jeder freie Platz voll mit dem Zeug. Arme Leidensgenossin!

Mein Hobby ist Lesen. Da ich maximal ein oder zwei Bücher gleichzeitig lesen kann, liegen ein oder zwei davon im Wohnzimmer rum. Der Rest hütet das Regal. Insgesamt sind es wohl ein paar mehr Bücher als Helikopter. Zugegeben.

Bald wird unsere Situation optimiert: Wir ziehen um! Im neuen Haus gibt es viele Bücherregale und an das Wohnzimmer angeschlossen: eine Bibliothek. Ich verzichte großmütig auf diesen Raum, denn er eignet sich ideal, um eine Modell Heli-Schrauber-Enklave zu bilden. Wenn mein Mann schraubt, dann sitzt er zukünftig in einem Schrauberzimmer und wir sind trotzdem zusammen. Modellhelikopter werden in diesem Raum gesammelt. Bücher werden dann im Haus verteilt. Überall!

In diesem Sinne: Machen Sie nichts kaputt!

GESCHENKE

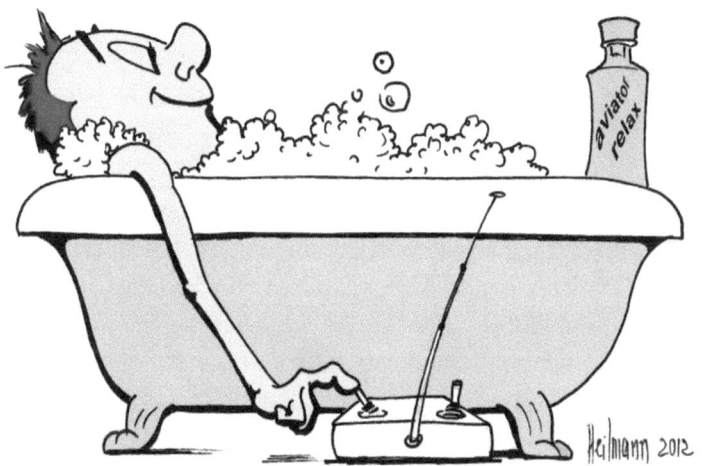

Man sollte meinen, einen Modellbauer zu beschenken sei einfach. Schließlich klingelt ständig der Postbote, um Ersatzteile, Zubehör oder Tuningteile für die motorisierte ferngesteuerte Liebschaft anzuliefern. Außerdem gibt es mittlerweile Modellhelikopter in jeder Größe und jeder Preisklasse überall zu kaufen. Sogar im Discounter …

Schon gut, Sie dürfen das schmerzverzerrte Gesicht entspannen: Ist klar, dass man im Fachhandel einkauft. Ladengeschäft oder online. Beides hinterlässt übrigens Spuren. Sollten Sie die Menge (und den Preis) Ihrer Einkäufe verschleiern wollen, empfehle ich zweierlei:

Erstens entsorgen Sie die Plastiktüten aus dem Heli-Laden sofort draußen in der Mülltonne oder gehen Sie mit Einkaufskorb los. Sonst könnten sich unangenehme Fragen ergeben. Stellen Sie sich einfach vor, Ihre Frau sucht in der Tütensammelstelle ganz unten den großen Beutel und muss sich erst durch einen Wust an kleinen Plastikbeutelchen mit Hubschraubern drauf wühlen. In denen noch der Kassenzettel liegt …

Zweitens: Schaffen Sie sich ein Fach in der nächstgelegenen Paketstation oder eine zuverlässige, Paketlieferadresse an. Alternativ vereinbaren Sie einen Deal mit Ihrem Postboten, der dann Heli-Pakete, ohne Nachricht im Briefkasten, an einem geheimen Ablageort versteckt. Aber Achtung! Regelmäßig kontrollieren, ich weiß von wertvollen Spezialmotoren, die mehrere Tage im Mülltonnenhäuschen verbracht haben.

Zurück zu den Geschenken. Haben Sie Wünsche für Ihr Hobby? Schreiben Sie sie auf und hängen Sie den Zettel gut sichtbar auf. Achtung: Wenn Sie etwas von der Liste selbst kaufen, muss dieselbe aktualisiert werden. Verzichten Sie im Sinn des Familienfriedens auf tägliche Aktualisierungen.

Aber der Charme eines Päckchens zum Geburtstag oder zu Weihnachten mit einem Haufen Zahnrädchen darin ist begrenzt. Andere Ideen müssen her! Also gebe ich bei diesem großen Onlinehändler ein: »Geschenke für Modellbau«. Immerhin 15 Ergebnisse werden angezeigt. Ich will nicht sagen, keins davon sei brauchbar, aber acht der Vorschläge betreffen die Körperpflege, Badeherzen, Badetiere und Rosenknospen. Ganz verstanden habe ich den Zusammenhang mit dem Modellbau nicht, aber vielleicht macht Amazon ja Vorschläge, was der Modellbauer seiner Liebsten schenken soll? Oder ist Modellbauen als Hobby besonders stressig? Entspannung dringend erforderlich. Wäre natürlich eine Erklärung, weil der Modellpilot ja immer von Schwerkraft bedroht wird. Und wer im Winter immer noch draußen fliegt, ist danach sicher für eine heiße Wanne (und Suppe, wie in der Werbung) dankbar.

Am einfachsten ist es bestimmt, wenn an Weihnachten und an Geburtstagen Modellbaugeschenke an Modellbauprofis ausgeschlossen sind. CDs, Konzertkarten, Badeperlen. Damit liegt man immer richtig, oder?

Kommt Jungs, wir malen dem Papa ein Bild!

In diesem Sinne: Machen Sie nichts kaputt!

WiNTeR

Es ist kalt draußen. Es schneit. Mütze, dicke Jacke, Handschuhe. Die Jahreszeit, in der man viel Zeit drinnen mit der Familie verbringt. Basteln, Malen, eine heiße Tasse Tee vor dem offenen Kamin. Zeit zu reden und Zeit, einfach nur zu sein.

Pustekuchen.

Bei Modellfliegern gibt es keine »staade« Zeit. Wenn es regnet, schneit oder ein Tornado über Deutschland fegt, sitzt der Modellflieger mit unglücklichem

Gesicht und plattgedrückter Nase vor dem Fenster und starrt ins Nasse. Dann schleppt er sich mit einem tiefen Seufzer in den Hobbykeller, um endlich diese ganzen liegengebliebenen Tuningteile zu verbauen. Aber wehe, Frau Holle ist fertig mit Bettenmachen. Dann stürmen die harten Kerle nach draußen. Nur um festzustellen, dass es ganz schön kalt ist, besonders an den Fingern. Keine Sorge, die Modellbauindustrie hat vorgesorgt. Bei uns im Schrank in der Ecke liegen jede Menge Mittel gegen die Kälte: fingerlose Handschuhe, beheizbare Handschuhe, ein Muff (ein Handschuh, in den die Fernsteuerung auch noch mit reinpasst), einige selbstgebaute Vorrichtungen mit diesen Knickhandwärmern. Das ist aber alles vom letzten Jahr. Dieses Jahr haben wir festgestellt, dass es ideal ist, wenn man nach zwei Akkus einfach ins Haus kommt und sich wieder aufwärmt.

Natürlich hat nicht jeder eine Wiese zum Fliegen vor der Haustür, oder ein edles Klubhaus mit knisterndem Kamin auf dem Flugplatz. Vielleicht ist das die ideale Geschäftsidee: Ein alter Bauwagen auf dem Flugplatz, mit Holzofen beheizt, Tisch und Bänke. Eintritt und heiße Getränke gegen eine geringe Gebühr ... Franchiseanfragen bitte an mich!

Es gibt natürlich noch andere Möglichkeiten im Winter. Einige Vereine haben es anscheinend geschafft, die Verantwortlichen von Turnhallen davon zu überzeugen, dass Modellfliegen ein Sport ist. Mal ehrlich, Jungs, dann ist Nintendospielen auch ein Sport, oder? Okay, da ist diese Sache mit Schach, aber erstens brauchen die Schachspieler keine Turnhallen und zweitens bewegen die wenigstens einen ganzen Arm!

Und dann gibt es noch die edle Variante, im Winter Modellzufliegen. Eine Reise in den Süden. Zum Beispiel ein Heli-Camp auf Gran Canaria. Zeitlich geschickt nach den Weihnachtsferien platziert, sodass die Wahrscheinlichkeit auf mitreisende Kinder und quäkende Ehefrauen gering ist. Gibt es dieses Jahr eigentlich endlich die Live-Cam?

Obwohl, liebe Modellbau-Angehörige, die tapferen Fliegerlein werden in diesem Hotel von ungefähr 50 000 Rentnern bewacht, die ihre morschen Knochen im milden Klima entspannen wollen. Oder ist das mit dem Modellfliegen nur ein Vorwand und die Teilnehmer wollen bei +20 Grad Celsius ihre kältegeschädigten Finger mit Handmassagen und Thermalanwendungen wiederbeleben? Es soll manchem schon so gut gefallen haben, dass er kurzfristig den Aufenthalt verlängert hat.

In diesem Sinne: Machen Sie nichts kaputt!

Ladetechnik

Die Sonne kämpft sich durchs Grau, die Temperaturen steigen. Langsam wird es Frühling und man hört es wieder vermehrt: Besonders bei schönem Wetter gerne frühmorgens oder spätabends brummt oder rauscht es in den Wohnungen. Nein, es geht nicht um Stubenfliegen oder Maikäfer! Auch nicht um frühjahrsputzende Staubsauger.

Manchmal hört man das Geräusch auch zwischendurch, dann wird das tiefe Rauschen des Lüfters von ungeduldigem Fingertrappeln begleitet. Das Gebrumme wird immer intensiver, bis im Wohnzimmer schließlich das erlösende (?!) piiiiieeeeep, piep, piep, erschallt.

Oder wo laden Sie Ihre Akkus? Und wann? Müssen Sie sich dann auch immer vom Sofa hochquälen? Oder wichtige Umbauten/Reparaturen/Gespräche unterbrechen? In den Keller laufen? Eine gute Möglichkeit, das Babyphon weiterzuverwenden: Im Keller laden und mit dem Mobilteil auf die volle Ladung warten (erinnert mich auch wieder an früher, nur war die volle Ladung da in der Pampers). Aber besprechen Sie die Zweitnutzung mit Ihrer Frau! Nicht, dass Ihre kleine Gretel dann im Bettchen liegt und ihre Lungen trainiert, ohne dass es jemand merkt.

Und überhaupt: sind Ihre Akkus noch fit, nach dem langen, harten Winter? Wenn die ein bisschen dicker geworden sind – das ist kein Winterspeck. Aber das wissen Sie hoffentlich besser als ich. Mir jedenfalls flößen die dicken Dinger (aufgebläht oder nicht) schon Respekt ein. Und das Piepen (ich muss da mehrmals drauf zu sprechen kommen, Sie verstehen das sicher), das Piepen lässt mich immer an einen nervenzerfetzenden Thriller denken: Der Held steht mit einer kleinen Zange (natürlich ohne Bombenschutzkleidung) vor einer riesigen Bombe. Piep. Viele Drähte in vielen verschiedenen Farben. Piieep. Welchen soll er nehmen? Piiieeep! Den roten oder den blauen? Piiiieeeep! Bumm!

Die Zeit und der kleine Pilot haben mir mittlerweile ein bisschen meiner Angst genommen. Erstens sind bei uns in den letzten Jahren wirklich wenige Akkus explodiert und zweitens ist man ja auch immer wieder erstaunt, was die Dinger alles aushalten. Für die MCPX Akkus gibt es bei uns drei kleine Schachteln: voll, leer, frisch gewaschen.

In diesem Sinne: Machen Sie nichts kaputt!

TRANSPORTMITTEL

Ich hatte an dieser Stelle schon einmal über mein Auto geschrieben.

Also mein Leihauto.

Also das Auto, das ich mir bei uns leihe, um Einkäufe und Kinder darin spazieren zu fahren. Wenn es nicht gerade dazu gebraucht wird, Modellhelikopter zu transportieren. Ich finde, vieles ist einfacher zu ertr… äh, erleben, wenn es sich um Dinge handelt, die einem nicht gehören. Ein Gedanke also (und nur ein Gedanke, denn es ist natürlich schon mein Bus), der mein Leben erleichtert.

Ein Beispiel: Die Straße vor unserem Haus ist unge-
teert, ein bisschen matschig und voller Schlaglöcher
(nein, wir wohnen nicht in Nordrhein-Westfalen,
Home of Schlaglöcher). Bei Regenwetter verwan-
delt sich das in eine Schlammkuhle, an der Wild-
schweine ihre Freude hätten. Und ähnelt dadurch
wem oder was? Genau: Den meisten Zufahrten zu
Modellhelikopterplätzen! Und diese Wege scheinen,
im Gegensatz zu unserer Straße, mit Petrus auch
noch eine ganz besondere Vereinbarung zu haben: Die
sind auch nach einer Woche Sonnenschein und fünf-
undzwanzig Grad noch matschig. Und wie schaut
dann (nicht nur) mein geliebtes Nicht-Cabrio aus?
Genau! Braune Matschspritzer bis knapp über die
Hutschnur. Und nicht nur außen, denn kleine Piloten
klettern auch in Autos, wenn sie ungefähr acht Kilo
Modder an den Schuhen kleben haben. Leider sehen
das große Piloten nicht immer, weil sie den Kopf natürlich schon mit anderen wichtigen Sachen voll
haben. Und unser großer Pilot hat ja diese diffuse bo-
tanische Allergie, die anscheinend auch Erde betrifft.
Wenn die Kinder es selbst merken (natürlich erst
wenn das ganze Auto schon vollgesaut ist), kann man
vielleicht sogar ein leises »Ups« hören. Liegt das am
Alter oder am Y-Chromosom?

Gott sei Dank ist es nur mein »geliehenes« Modellheli-
koptertransportauto. Mein Nicht-Cabrio. Bei dieser
Gelegenheit möchte ich nicht versäumen, mich nochmals in aller Öffentlichkeit herzlich für den Vorschlag

zu bedanken, meinen Bus mittels einer Flex zum Cabrio zu verwandeln. Allerdings muss ich auch nach gründlichster Überlegung dabei bleiben: Ein Auto ohne Dach ist noch lange kein Cabrio!

Ich wasche meinen Bus nicht mehr. Allerhöchstens noch an Montagen mit schöner Wettervorhersage bis Freitag. Wenn noch viel Zeit übrig ist, bevor der nächste Modellflugtag ansteht.

In diesem Sinne: Machen Sie nichts kaputt!

FEUER

Vielleicht ist das ein Thema, das die meisten Modell-Heli-Piloten gerne von sich schieben, aber mich als Angehörige beschäftigt das. Feuer ist der Feind, nicht nur der des Helipiloten.

Erst kürzlich sah ich wieder einmal ein Foto eines abgebrannten Akkus samt Ladegerät. Leider nicht in der Zeitung unter Katastrophenmeldungen, sondern auf meinem Handy als MMS gesendet. Aber keine Sorge! Es war nichts passiert. Außer vielleicht, dass da der Gegenwert von ein bis zwei Monatsmieten in Schutt und Asche lag …

Als Modellhelipilotengattin lernt man, die wichtigen Dinge im Leben im Auge zu behalten. Uns ist schon eine ganze Menge **nicht** passiert! Damit das so bleibt, ist die Zeit für den »Drei-Stufen-Plan zu Sicherung von Heim und Hof« gekommen.

Erstens: Rauchmelder.

Nicht ohne Grund sind sie bald auch im hintersten bayrischen Dorf und dem Rest der Republik Pflicht. Das ist wirklich eine gute Sache, nicht nur für Menschen, die Akkus laden wollen (eine Googlesuche ergibt: Modellhubschrauber löst Brand in Haus aus). Wir haben auch welche. Ich glaube, die liegen ganz unten in der »Müsste-mal-montiert-werden«-Kiste, gleich neben den Badezimmerlampen, die ich damals so eilig besorgen musste.

Zweitens: Feuersicherer Dokumentenkoffer.

Im Falle eines Brandes soll man das Haus so schnell wie möglich verlassen und keine Gegenstände mitnehmen, habe ich gelernt. Das hilft natürlich nur, wenn es drinnen brennt. (Google: Modellhubschrauber löst Flächenbrand auf Weizenfeld aus.) Wichtige Dokumente sollte man in einem feuerfesten Dokumentenkoffer aufbewahren. Wir haben auch so einen. Leider wäre das aber der schlechteste Platz, um antike Aktien und Babyfotos von Uroma Hermine aufzubewahren. Da sind nämlich die Akkus drin!

Drittens: Die Feuerwehr.

Im Fall des Falles sollte die Löschmannschaft schnell zur Stelle sein. Deswegen erwäge ich

    a)   eine Standleitung zum Feuerwehrhaus,

    b)   eine automatische Sprinkleranlage im Wohnzimmer oder

    c)   einen Umzug in das alte leerstehende Haus neben der Feuerwehr bei uns im Ort.

Tipps und Erfahrungen gerne an mich!

Und ist Modellhelipilot wirklich das richtige Hobby für Kinder von Modellhelipiloten?

Der kleine Pilot sollte vielleicht lieber eine Karriere bei der freiwilligen Feuerwehr anstreben …

In diesem Sinne: Machen Sie nichts kaputt!

WASSER

In einem Artikel zur Geschichte von Helikoptern las ich, dass der Rotor aus der Idee zur Schiffsschraube entstanden ist. Der gute alte Leonardo da Vinci dachte sich, was im Wasser funktioniert, geht bestimmt auch in der Luft. Ohne die Leistungen dieses Genies schmälern zu wollen – durch die fortgeschrittene Technik hat sich ergeben, dass der Umkehrschluss leider keine Gültigkeit mehr hat. Kurz: Wasser ist der Feind des Modellhelikopters!

Betrachtet man die verschiedenen Vorkommen von Wasser auf der Erde, lässt sich vor allem eines festhalten: Meiden Sie Wasser am besten weiträumig und umfassend.

Leider lässt sich das nicht immer realisieren. Mal liegt die schöne Flugwiese eben in der Nähe dieses Teiches mit der verstärkten Erdanziehung, ein andermal hat Starkregen große Pfützen auf den Feldern hinterlassen. Doch ein paar Sonnenstrahlen reichen – und der Helikopter hebt sich wie Phönix aus der nassen Wiese. Ein kleiner Tipp: Packen Sie vorsichtshalber eine Badehose und, je nach Größe des stehenden Gewässers, Gummistiefel oder ein Schlauchboot ins Auto (die Idee ist nicht von mir!). Und destilliertes Wasser zum Nachspülen, gell?

Manchmal finden die schönsten Flug-Events an fließenden Gewässern statt. Für den fortgeschrittenen Helipiloten ein zusätzlicher Nervenkitzel: Fehler beim Kampf gegen die Schwerkraft werden dann nicht nur mit »kaputt« und »nass« bestraft, im schlimmsten Fall mit »weg«.

Für solche Testosteronproben empfiehlt es sich, noch besser vorbereitet zu sein: Im Bergbach kommt man mit dem Schlauchboot weiter, als man möchte. Doch Kletterseil, Powerklebeband, Besen und Fischreuse ergeben im Zweifelsfall ein Helikopter-Rettungsgerät. Vielleicht könnten die Veranstalter auch dezent eine Art Helifangnetz im betreffenden

Bach installieren? Beim beliebten »Fliegen am Strand« bringen Fangnetze dann allerdings auch nichts mehr.

Soviel zu vermeidbaren Risiken. Das wahre Problem des Helipiloten, besonders in diesem Jahr, ist aber das Wasser, das vom Himmel fällt. Doch der Mensch ist anpassungsfähig. Nach dem langen Winter halten unsere Kinder leichten Nieselregen schon für schönes Wetter und gehen im T-Shirt draußen spielen. Ich warte darauf, dass ich den ersten Helipiloten im quietschgelben Friesennerz mit oberschenkelhohen Anglerstiefeln in der sumpfigen Wiese stehen sehe, während der Heli unter den Tropfen hinweg-speedet …

In diesem Sinne: Machen Sie nichts kaputt!

Scheiß Schwerkraft

Letztes Wochenende war ich weg. Ganz allein, ohne Männer, Kinder oder Modellhubschrauber. Die habe ich alle zusammen zu Hause gelassen und war gespannt, wie sie das machen.

Mein Mann hatte alles, nicht nur die Versorgung mit Essen, bestens im Griff: Zwischen zu Hause und Flugplatz liegen schließlich mehrere Restaurants und Eiscafés auf dem Weg. Unsere Küche wurde augenscheinlich an allen drei Tagen nur zum Kaffeemachen betreten. Dadurch war sie, wie auch der Rest des Hauses super sauber! Die Kinder waren zufrieden, ausgeschlafen und wollten nicht mal mit Mama telefonieren. Neben dem kleinen Piloten gab es sogar noch einen Kleinst-Piloten, der eifrig Flugzeug steuern geübt hat! Es wäre ein rundum gelungenes Männer-Wochenende gewesen, wenn da nicht die Schwerkraft zugeschlagen hätte.

Schwerkraft ist die gegenseitige Anziehung zweier Massen. Sie nimmt zwar mit größerer Entfernung ab, hört aber im Prinzip nie auf. Zumindest, so lange man sich innerhalb der Erdatmosphäre befindet. Liebe

Modellpiloten, beachtet bitte: So hoch fliegen, dass man die Maschine nicht mehr sehen kann, bringt auch nix.

Und die zweite Regel für Modellflieger: Im direkten Vergleich der sich anziehenden Massen gewinnt immer die Erde. Das sind natürlich allbekannte Basics, die aber sogar Profipiloten hin und wieder ins Handwerk pfuschen. Sätze wie: »die Schwerkraft überlisten«,

»die Schwerkraft scheint außer Kraft gesetzt« (ein besonders schönes Wortspiel, möchte ich anmerken), »der Schwerkraft ein Schnippchen schlagen«, sind überall zu lesen. Gibt es eine Website, eine Zeitschrift oder ein Buch, das sich mit Modellflug im weitesten Sinne beschäftigt und in dem das Wort nicht zu finden ist?

Auf der anderen Seite wäre ja nicht nur Modellflug ohne die Schwerkraft gar nicht möglich. Modellpiloten spielen mit der Schwerkraft, lassen den Hubschrauber tanzen, wie eine Maus, die vor der Nase einer Katze Primaballerina spielt. Manche etwas ruhiger, andere allerdings ziemlich hektisch.

Diese Schwerkraft hat nun am Wochenende vor allem das Abendprogramm bestimmt. Ich saß gemütlich mit netten Menschen und einem Schluck Wein auf der Terrasse mit Blick auf die Osttiroler Alpen. Meine armen Männer dagegen standen konzentriert um den OP-Tisch in der Heliwerkstatt. Und hauchten nicht weniger als 3 (DREI!) Hubschraubern tapfer wieder Leben ein.

Nun ist die Schwerkraft zwar das häufigste, aber bei weitem nicht das schlimmste Unglück, das Helipiloten ereilen kann. Grämen Sie sich also nicht, wenn Sie einmal wieder Ihre Fähigkeiten im ModellBAU trainieren müssen. Oder noch besser:

Machen Sie nichts kaputt!

URLAUB

»Oh«, entfährt es der überraschten Dame am Check-in Schalter nach einem Blick auf die Waage, »Sie haben aber wenige Golfschläger dabei!«

»Stimmt!«, antwortet mein Mann treuherzig. Stimmt ja auch, in dem Golfkoffer sind genau genommen gar keine Golfschläger. Modellhelikopter sind leichter als Golfschläger.

Wir fliegen in den Urlaub und die Helikopter kommen mit. Natürlich. Sie reisen in diesem sorgfältig mit Schaumstoff ausgepolsterten Golfkoffer. Doch mit den Helis allein ist es lange nicht getan. Akkus und Ladetechnik müssen mit. Eine kleine Grundausstattung an Werkzeug, die schon länger in einer alten Eisdose wohnt und – allzeit bereit – zum ständigen Begleiter avanciert ist. Und nicht zu vergessen: die Fernsteuerung. Im Koffer ist Platz dafür, auf Grund der erwarteten warmen Witterung kann die eine oder andere Jeans zu Hause bleiben. Und mein Mann hat mich, als er den Stapel Bücher gesehen hat, den ich mitnehmen wollte, an meinen neuen E-Book-Reader erinnert.

Am Ankunftsort ist die Spannung vor allem für den kleinen Piloten kaum auszuhalten: Sind die Hubschrauber noch heile? Sind die Akkus noch alle da? Er besteht darauf, das sofort in der Gepäckausgabe zu überprüfen. Unsere restlichen vier Koffer sind ihm herzlich egal.

Diese eine, kleine, extra Schraube, die nirgendwo fehlt, entdecken meine beiden Modellbauer aber erst am nächsten Morgen, als sie den Koffer säuberlich ausräumen. Ein Urlaubsort für Modellflieger sollte einige Besonderheiten aufweisen. Zum Beispiel einen geeigneten Platz zum Fliegen. Ein Modellflugplatz mit Schattenspendern und Tischen ist ideal. Und für den Fall, dass die Schraube doch irgendwo gefehlt hat, empfiehlt es sich, den nächsten Modellbauladen zu lokalisieren. (Falls Ihr Spanisch so schlecht ist wie meines: Für grobe Hinweise auf Richtung und Ort reicht die Übersetzung eines bekannten Suchprogramms aus.)

Letztes Jahr waren wir in einem Hotel in Kärnten. Mit einem VW-Bus ist es kein großes Problem, Familie und Hobby im Urlaub zu vereinen, jeder kann mitnehmen, was er braucht. Sprachbarrieren gibt es eigentlich auch nicht. Als wir ankamen, stellte ich erfreut fest, dass unsere Unterkunft sogar über einen eigenen Modellflugplatz verfügte.

Und über eine Art Standleitung zum nächsten Modellbaushop. Das garantiert entspannte Ferien!

In diesem Sinne: Machen Sie nichts kaputt!

SiMULaTOR

Ich nehme an, Sie haben einen Flugsimulator auf Ihrem Computer. Mindestens einen. Meine Piloten haben mindestens fünf (5!) davon. Na gut, sie sind ja jetzt auch zu dritt.

Vielleicht braucht man da Auswahl? Wenn Sie mithalten wollen, sollten Sie also 1,6 Flugsimulationsprogramme pro Person zur Verfügung haben. Verteilen sich nicht Kinder auf Frauen in Deutschland in einem ähnlichen Verhältnis? Da liegen wir mit unseren zwei Minipiloten ja auch über dem Durchschnitt. Was noch hinzu kommt: Die kleinen Piloten benutzen den Simulator auch, werden von Papa sogar dazu angehalten, Trockenübungen zu machen. Was ich bis zu einem gewissen Maß einsehen kann.

Allerdings ist es heute so, dass Eltern den Konsum ihrer Kinder an neuen Medien (Fernsehen, Nintendo, iPad, iPod, Wii, Computer, usw.) einschränken sollten. Müssen. Ich stelle daher ein wöchentliches Kontingent an Freiminuten zur Verfügung. Zeit weg – Computer aus. Ganz einfach.

Ich bin ja mit meinem Göttergatten eigentlich immer einer Meinung. Wir teilen unsere Ansichten zur Erziehung von Kindern und sprechen uns unter vier Augen ab, was enorm zur Befriedung des Alltags beiträgt. Auch im Punkte Medienerziehung sind wir vollkommen gleichgesinnt. Fast vollkommen. Irgendwie ist mein Mann der Meinung, dass Modellflugsimulatoren nicht zur Gruppe der elektronischen, neuen Medien gehören.

Und daher die Regeln zur Benutzung derselben keine Anwendung finden können …

Zum Glück haben unsere kleinen Piloten ein großes Bewegungsbedürfnis und sind gerne draußen auf dem Trampolin oder mit dem Rad unterwegs. Sie treffen sich mit Freunden, spielen, springen, schwimmen und sind ganz normale Kinder. Am Simulator sitzen sie durchschnittlich zwei Stunden pro Woche. Im Sommer eher weniger.

Ich möchte also hier nochmals öffentlich klarstellen, was ich den beiden Herren auf der Helichallenge schon sagte, nachdem sie neiderblasst unseren kleinen Piloten beim Fliegen beobachtet hatten, und ich darf dabei sicher auch für andere Mütter von minderjährigen Modellhelikopterpiloten sprechen: Wir sperren unsere Kinder nicht im Keller ein und ketten sie am Simulator fest! Wenn ein Neun- oder Elfjähriger viel besser fliegt als Sie, dann liegt es daran, dass Kinder schnell lernen, besonders, wenn ihnen etwas Spaß macht.

Und dass Mama dann manchmal auf der Bremse steht, scheint zwar die Übezeit zu verkürzen, den Spaß an der Sache aber eher zu vergrößern …

In diesem Sinne: Machen Sie nichts kaputt!

VOODOO!

Eines vorweg: Die gleichnamigen Helikopter kennen alle Leser des Rotor-Magazins, nehme ich an. Aber um die geht es in dieser Kolumne nicht.

Es geht um schwarze und weiße Magie, um eine überwiegend kreolische Religion, die in Haiti, Teilen

Amerikas und Afrikas beheimatet ist. Es ist eine Religion, die in ihren Verbreitungsgebieten dem, zum Beispiel, katholischen Glauben gleichgestellt ist. Es geht um kleine Puppen und Nadeln. Diese Puppen kennt man unter dem Namen Voodoo-Puppen, aber wussten Sie schon, dass es so etwas schon seit dem Mittelalter in Deutschland gibt? Unter dem Namen: Atzmänner.

Puppen und Nadeln kann man ja immer mal brauchen: wenn der Chef den Urlaubsantrag nicht genehmigt, die Lehrerin den brillanten Aufsatz des Sprösslings mit mangelhaft bewertet oder der Wettermann im Radio mal wieder ein verregnetes Wochenende prophezeit. Was gibt es Schöneres als andere – wenigstens symbolisch – für den eigenen Ärger verantwortlich zu machen?

Und falls Sie sich fragen, warum Sie immer ausgerechnet am Wochenende auf dem Modellflugplatz von diesen stechenden Kopfschmerzen geplagt werden …

Bitte, keine Ursache und machen Sie sich keine Sorgen, das ist bestimmt nicht schädlich, wenigstens nicht sehr.

Vielleicht sind Sie aber auch Pazifist? Wenigstens so einer wie Eltern ihren Kindern gegenüber: »Aber nicht auf Menschen schießen! Und auch nicht auf die Katze!« Dann habe ich die Lösung für Sie: Atzmänner, Voodoopuppen in Form eines Helikopters! Mit zwei Nadeln gratis! Perfekt, um den Ärger über abgestürzte Hubschrauber loszuwerden! Ist jemand anderes höher, schneller, weiter, besser geflogen? Nicht fluchen, piksen!

Oder, falls Sie sich nicht selbst die Hände schmutzig machen wollen: Schenken Sie einen davon der Frau oder Freundin Ihres besten Feindes! Bestellungen an mich. Personalisierung auf Anfrage!

In diesem Sinne: Machen Sie nichts kaputt!

PüNKtlichKeit ist eine ZieR ...

Ich hasse kochen!

Besonders Fleischgerichte, Braten und sowas. Das mache ich extrem ungern und mir persönlich reicht es, alle paar Monate im Restaurant ein Stück Fleisch auf dem Teller zu haben. Braten wird nur gezaubert, wenn mein Mann hohen Besuch hat. (Also solchen, den ich auch mag).

Nun, zu 95,7 % haben die Freunde meines Mannes etwas mit Modellhelikoptern zu tun und zu 99,8 % gehen die Männer zusammen fliegen, wenn sie da sind.

Und da das mitteleuropäische Wetter eines mit Ecken und Kanten ist, werden Tage mit einer Luftfeuchtigkeit von weniger als 100 % auf dem Flugfeld verbracht.

Von der ersten bis zur letzten Minute, in der der Stern den Planeten beleuchtet. Das ist prinzipiell sehr löblich, denn nicht nur dem kleinen Piloten tut frische Luft ja sehr gut.

Was man (frau) in der Wartezeit tun kann:

   20 Gläser Marmelade einkochen

dem anderen Kind (seines Zeichens Teilzeit-Vegetarier) Schinkennudeln ohne Schinken kochen

 50 Minecraft Videos ansehen

 eine Kolumne schreiben

 einen Schweinebraten zubereiten

 (setzen Sie die Liste beliebig fort)

Wenn man ehrlich ist, kann man alle diese Sachen machen und noch einige mehr, denn so ein Vormittag/Nachmittag/Tag auf dem Flugfeld dauert lang. Was Sie aber auf gar keinen Fall machen sollten:

 Soufflees

 Minutensteaks

 warten und dabei ungeduldig auf die Uhr sehen

Denn dann tritt dieser Effekt ein, den man kennt, wenn man auf einen Anruf wartet: Solange man das Telefon bewacht, rührt sich nichts. Doch kaum geht man, sagen wir, sich mal kurz die Nase pudern, schon klingelt es!

Nun ist aber das Telefon, im Gegensatz zum Modellhelipiloten kein Lebewesen und weiß auch gar nicht, wann es klingeln soll, weil man vorher ja nichts mit ihm vereinbart hat.

Aber ist Pünktlichkeit überhaupt notwendig? Sie gilt im deutschen Sprachraum als weit verbreitete Tugend, und wird in einem Atemzug mit Fleiß und Sparsamkeit genannt. Ups. Achtung, Hinweis: Ich möchte gerne mal einen Modellbauer sehen, dem Sparsamkeit nachgesagt wird!

Trotz allem, Pünktlichkeit ist eine Säule unserer Gesellschaft. Nicht auszudenken, was passieren würde, wenn Busse, Züge und Flugzeuge ständig

Verspätung hätten! Ganz zu schweigen von Groß-baustellen und Flughäfen … Interessant in diesem Zusammenhang fand ich, dass die Deutsche Bahn auf einer Website Pünktlichkeitswerte veröffentlicht. Noch interessanter, dass dabei Züge, die ihre plan-mäßige Ankunftszeit um weniger als 6 Minuten über-schreiten, als pünktlich eingestuft werden.

Mit 5 Minuten Verspätung gilt man also als pünktlich. Und in der Uni, ja, da gab es diese bei-den Zauberbuchstaben c. t., cum tempore. Mit Zeit. Das bedeutet, dass man zur angegebenen Uhrzeit 15 Minuten dazu rechnen soll, dann ist man pünkt-lich. Damit wäre es also geklärt: Verspätungen im Minutenbereich sind okay.

Aber welche Gründe gibt es, unpünktlich zu sein?

Die notorisch Unpünktlichen haben vielleicht etwas dagegen, verplant zu werden, auch von sich selbst. Rebellion also, ein Grund, den ich verstehe, wenn zum Beispiel die Kinder pünktlich vom Spielen wieder zu Hause sein sollen, damit wir den Impftermin beim Kinderarzt nicht verpassen.

Eine andere Erklärungsmöglichkeit wäre der »große Auftritt«. Den hat man ja, wenn man mit der richti-gen Verspätung auf einer Party auftaucht. Einen gro-ßen Auftritt hat der Modellbauer auch, wenn er das Modell in mehr als einem Teil wieder mit nach Hause bringt. Ich denke nicht, dass das als Grund in unse-rem Fall gelten kann.

Da würde dann auch noch gleich der korrespondierende Fehler passen: Nichts ist schlimmer, als jemand, der eine halbe Stunde vor der verabredeten Zeit kommt. Und auch das ist hauptsächlich dann der Fall, wenn der Heli Bekanntschaft mit der Grasnarbe gemacht hat.

Oder, zu guter Letzt, noch ein Erklärungsversuch: Der Unpünktliche hat schlicht noch etwas Anderes (Besseres?) zu tun. Er unterstreicht damit die Bedeutung der eigenen Beschäftigung. Ein Sprichwort sagt: Pünktlichkeit hat den Nachteil, dass die Leute glauben, man hätte nichts Wichtiges zu tun. Modellhelikopterfliegen zum Beispiel.

Wenn ich ganz ehrlich bin, dann kann ich das verstehen. Und dem Braten hat die Extra-Stunde im Backofen auch ganz gutgetan!

In diesem Sinne: Machen Sie nichts kaputt!

Nachtflug

Nacht ist der Zeitraum zwischen einer halben Stunde nach Sonnenuntergang bis eine halbe Stunde vor Sonnenaufgang. Das ist in Deutschland ganz genau geregelt, nämlich in der Luftverkehrsordnung LVO. Bemannte Nachtflüge unterliegen ziemlich strengen Auflagen, Flüge mit RC-Helikoptern in der Dunkelheit sind davon nicht betroffen.

Das dachte sich wohl auch die Deutsche Bahn, als sie für günstige Euro 50.000,00 pro Stück Mini-Drohnen gekauft hat, um mit Wärmebildkameras auf die Suche nach illegalen Graffiti-Sprühern zu gehen. Und sie jetzt nachts nicht fliegen lassen darf …

Gott sei Dank sind die Geräte, mit denen unsere Piloten nachts fliegen gehen, nicht ganz so teuer. Nachtflüge finden normalerweise an Flugtagen statt, wenn frau schon den ganzen Tag Modellhelikopter gesehen hat. Sich müde gesehen hat.

Das ist mein Problem mit Nachtflügen: Es ist eigentlich immer saukalt und ich bin immer saumüde. Und wenn ich noch nicht müde bin, dann habe ich ein schlafendes Kind auf dem Arm.

Schlafende Kinder sind ein physikalisches Phänomen: Mögen sie am Tag auch noch so drahtig und zaundürr durch die Gegend springen, kaum hat das Sandmännchen seinen Besuch abgestattet, wiegen sie ungefähr zehn Kilo mehr und sind in etwa so leicht zu tragen, wie ein nasser Sack Kartoffeln eingelegt in Zement.

Im wachem Zustand freuen sich (nicht nur) Kinder an den bunt beleuchteten Helis, schließlich sehen sie aus, als hätte jemand zehn Pfund Knicklichter an ein UFO geschraubt. Und wenn der Heli dann abhebt …

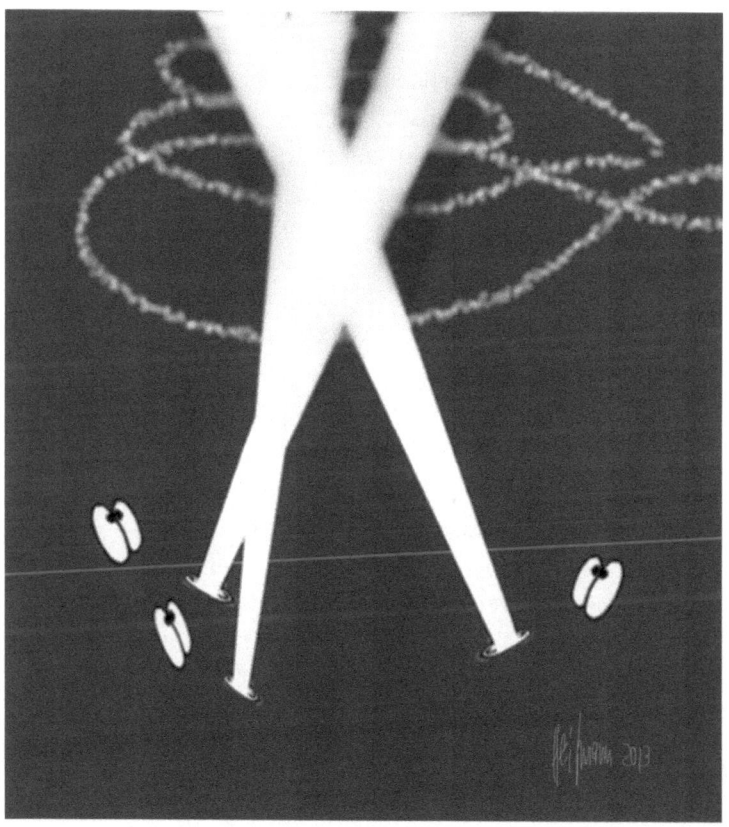

. . . scheiden sich die Geister. Entweder gibt es Gehacke. Ein Glühwürmchen auf Speed übt Breakdance. BAM BAM BAM. Wenn man Glück hat, ist der Heli am Ende der Show noch ganz. Nicht nur die Zuschauer können eben Entfernungen im Dunkeln nicht so gut einschätzen.

Dann doch lieber die weichgespülte Variante? Musik, die so süß ist, dass einem der Schmalz die Plomben aus den Backenzähnen zieht? Smileys und Herzen auf den Rotorblättern, die scheinbar endlos (!) durch den Sternenhimmel schweben? Während die Zuschauer mit verzücktem Gesicht verzweifelt ein leichtes Gähnen unterdrücken? Wenigstens bietet sich mit den beschreibbaren Blättern ja eine Möglichkeit, so etwas wie eine Kommunikation mit dem Publikum herzustellen, wenn auch ein bisschen einseitig.

Das ist natürlich alles ganz nett. Nach einem langen Flugtag auch sehr schön anzusehen und sicherlich einer der Höhepunkte der Veranstaltung. Selbst ich freu mich meistens drauf. Aber in Wahrheit ist doch der beste Nachtflugpilot der, der aus der Masse heraussticht. Besonders für Menschen, die nicht nachvollziehen können, welche Figur einer gerade fliegt und wie sehr er sich dabei die Finger verknotet. Erzählt mir eine Geschichte, begeistert mich!

Doch wie fing das alles an? Der erste (bemannte) Nachtflug der Geschichte fand 1921 in den USA statt. Alle 20 Kilometer der Strecke von Omaha nach Chicago wurde ein starker Scheinwerfer aufgestellt, um die Piloten zu leiten. In Modellhelipilotenkreisen wird das ja heute noch gern gemacht.

Hat man zufällig seinen Nachtflugheli vergessen oder irgendwo versenkt, fliegt man eben im romantischen Schein von Taschenlampen. Dazu braucht man natürlich zwei bis elf gute Freunde, die einem mit Scheinwerfern zu Seite stehen. Ja. Scheinwerfer. Anders kann man das Ding nicht bezeichnen, das der große Pilot für solche Fälle angeschafft hat.

Richtet man den Schein dieser »Taschenlampe« nach oben, fällt der Mann im Mond aus dem Bett. Überlegen Sie sich gut, ob Sie auch so eine brauchen – das Ding scheint waffenscheinpflichtig zu sein.

Jedenfalls darf niemand auch nur den kleinen Finger daran legen. Außer vielleicht sehr, sehr gute Männerfreunde, die dann ausprobieren dürfen, wie man den Leuten im übernächsten Dorf in die Küche leuchten kann. Sollten wir mal Stromausfall haben und der Pilot ist nicht da – wir säßen im Dunkeln, die »Taschenlampe« liegt in irgendeinem geheimen Tresor …

Ein einziges Mal, es war an einem lauen Abend im Juli, war ich auf einer Geburtstagsfeier, bei der es »nur« Nachtflug mit Feuerwerk gab. Ich musste nicht frieren. Die Kinder waren nicht müde.

Es war der Höhepunkt einer netten Geburtstagsfeier und bleibt eben deswegen im Gedächtnis, weil es etwas Besonderes war: Nachtflüge an einem Abend, an dem es sonst fast gar nicht um Hubschrauber ging ...

In diesem Sinne: Machen Sie nichts kaputt!

UNBEMANNTE LUFTFAHRZEUGE

Vor einigen Wochen am Frühstückstisch fragte mich unser kleiner Wiener-Würstchen-Vegetarier (herzhaft in ein Salamibrot beißend): »Mama, wer bringt eigentlich die Weihnachtsgeschenke, das Christkind oder der Weihnachtsmann?«

Bevor ich antworten konnte (das *Christkind*, schließlich leben wir in Bayern!), fiel mir Pilotensohn 1 ins Wort: »Die Drohnen natürlich, weißt du denn gar nichts?«

Nö. Wir wissen gar nichts. Was sind Drohnen überhaupt?

Im Lexikon steht:

> »Unbemannter Flugkörper mit Eigenantrieb, der fern- oder programmgesteuert wird. Dienen zur Simulation von Luftzielen, zur Aufklärung und Zielortung oder zur Zielbekämpfung.« (Der Brockhaus in fünfzehn Bänden, Brockhaus GmbH, Leipzig-Mannheim 1997/1999).

Ja, okay. Unser Brockhaus ist nicht mehr der neueste. In der Zwischenzeit hat sich (nicht nur) im Modellbau einiges getan. Im Internet lesen wir, die Aufgaben von Drohnen seien Bilderzeugung und Kontrolle. Tschaka. Kontrolle. Wow! Was für Möglichkeiten für Eltern, nicht nur von pubertierenden Schrazn?

In meinem Kopf entstehen Bilder von unbemannten Flugobjekten, die nachts über Spielplätzen kreisen und diejenigen filmen, die immer die Bierflaschen und Kippen im Sandkasten vergessen.

Demnächst könnte ich morgens gemütlich im Bett liegen bleiben und mit dem Smartphone eine Drohne steuern. Die überwacht dann, dass die Kinder aufstehen, frühstücken und zur Schule gehen.

Amazon und die Post erproben Paketauslieferung per Drohne, mit dem Paketkopter. Genial! Wegen eines vergessenen Pausenbrotes müsste ich mich nie mehr aufs Fahrrad schwingen. Der Wurstbrotkopter macht es möglich! Und als Inspiration für das Abendessen schauen wir kurz nach, was es bei den Nachbarn heute gibt. Mit dem Topfguckkopter.

Ich kann nicht verhindern, dass mir ein bisschen unheimlich wird, als ich feststelle, dass sich *Drohn* auf *Klon* reimt. Ein Bild von vielen kleinen Babydrohnen, die in einer Vollmondnacht aus dem Sandkasten krabbeln, taucht vor meinem inneren Auge auf.

Mein Blick fällt auf den kleinen Piloten und dann ins Helizimmer mit den geschätzten vierhundert Flugobjekten. Andererseits: Wenn es dann ans Fliegen geht, heißt es schließlich immer noch ein Pilot, ein Heli. Wo sollten die vielen kleinen Drohnen die vielen kleinen Piloten herbekommen?

Dann muss ich lesen, dass Forscher der Universität Zürich (die Schweiz scheint ein fortschrittliches Land zu sein, was Modellflug betrifft (und Roboter: www.ethz.ch)), dass diese Forscher mit einem *Drohnenschwarm* ein Haus gebaut haben. Ähm. Horror. Wird, was ich für Science-Fiction hielt, Realität? Ich beruhige mich ein bisschen damit, dass Drohnen ja auch nur Modellhelikopter sind. Leider bröselt auch dieser Gedanke, als der große Pilot sagt: »Nö.«

Drohnen haben mehr als einen Rotor.

Traurig betrachte ich die vielen vertrauten Helis im

Helizimmer, die irgendwie so natürlich, vertraut und *richtig* aussehen.

So wie Hubschrauber eben aussehen sollen.

In Wahrheit ist es so, dass die Dinger sich nicht nur wie UFOs verhalten, sie sehen auch noch so aus. Und sie heißen auch so: MAV (Micro Air Vehicle), RPV (Remotely Piloted Vehicle), UAS (Unmanned Aerial System), VTUAV (Vertical Take-off and Landing Tactical Unmanned Aerial Vehicle, blablabla). Ich muss an die Fantastischen Vier denken.

Das Internet erzählt uns zu guter Letzt, dass es auch Unterwasserdrohnen gibt. Ich atme auf. Dem Himmel (!) sei Dank: Wenigstens das alte Problem mit der Schwerkraft haben sie noch nicht gelöst!

In diesem Sinne: MSNK (machen Sie nichts kaputt)!

P.S.: An Weihnachten ist natürlich auch bei uns so ein Ding eingezogen. Seien Sie in Zukunft vorsichtig, wenn Sie an Spielplätzen vorbeikommen …

HeRBSt 2.0

In Wahrheit ist doch im Winter nicht der Schnee das Problem beim Helifliegen. Welcher Schnee überhaupt? Nördlich der Alpen und südlich von Hannover hatten wir dieses Jahr fast keinen. Und der Minipilot hat Recht behalten. Der sagte nämlich, als ich ihm stolz die neue, passende Legoschneehose präsentierte: Aber Mama, die brauche ich doch dieses Jahr gar nicht. Hrmpf.

Nein. Schnee ist schön, gegen Kälte kann man sich schützen. Jacke, Mantel, Ohrenschützer, Handwärmer, Fernbedienungsmüffe, alles was das Herz begehrt, liegt hier rum. Warum, bitteschön, fliegt dann trotzdem keiner?

Außer vielleicht in kleinen, stinkigen Schulturnhallen? Hatte man sich nach Abschluss der Schulzeit nicht geschworen, die Dinger nicht mehr freiwillig zu betreten? Die Nase voll gehabt vom feinen Duft nach Pubertätsschweiß gemischt mit ranzigem Plastikturnhallenboden? Nein, irgendwer schafft es immer, irgendjemand anderen davon zu überzeugen, dass meditatives Daumenkreisen etwas mit Sport zu tun hat. Und schon im Sinne der Jugendarbeit sei es wichtig, die Turnhalle dem Modellsport zur Verfügung zu stellen. Dazu hatte ich schon mal etwas gesagt, richtig?

Deswegen möchte ich den emsigen Daumenkreisern auch nur eines mit auf den winterlichen Weg in die Turnhalle geben: Es gibt da eine gute Feinmotorik CD. Legt die doch ein und übt, wenn grad der Bengel von Müllers mit Fliegen dran ist. Da sind lustige Lieder drauf und sie heißt »Fingerbewegungen« nach Musik. Zu Klassikern wie »Eine Oma geht spazieren«, »Zehn kleine Fingerlein« oder dem »Fingerabspreizlied« macht man Kraftübungen mit den Fingern. Und bevor Sie jetzt müde lächeln, versuchen Sie doch mal, zu der »Fahrradgeschichte« einen Gardinenring mit den kleinen Fingern rückwärtsfahren zu lassen!

Aber ach – egal ob sich die Helipiloten zum wöchentlichen Stammtisch oder zum jährlichen Hallenflugtag treffen – es schneit ja gar nicht. Es ist nicht Winter 20.14, es ist Herbst reloaded. Und im nasskalten Matsch, da fliegen selbst die Harten nicht im Garten.

Es gibt ja noch andere Aktivitäten im Kalender des Modellbauers: Creative Tage (Ich wusste immer, dass Modellbauen etwas mit Handarbeiten gemeinsam hat!), Erlebniswelten, Flutlichtfliegen, Treffen im Kalten mit Glühwein und ohne, Flohmärkte und Modellbaubörsen. Man kann den Winter (bzw. Herbst 2.0) durchaus zur Bestandspflege nutzen.

Ken zum Beispiel endlich in das Scale-Modell setzen. Der kleine Pilot baut gerade eine seltsame Vorrichtung an einen kleinen Hubschrauber, die in ein Osterkörbchen mündet. Ein eher experimenteller Ansatz. Andererseits ist es vielleicht auch nicht schlecht, erst den Prototypen zu entwickeln und danach zu überlegen, wozu er gut sein könnte.

Im schlimmsten Fall könnte er ja ein Ostereiertransportfliegen organisieren. In der Turnhalle.

Oder man macht es wie der große Pilot und sortiert und verkauft, was man gerade nicht braucht. Und nein, macht Euch keine Sorgen, er gibt nicht das Hobby auf, aber jetzt kann man das Modellbauzimmer wieder betreten, ohne über Helikopter zu stolpern! Ideale Voraussetzung für einen Frühjahrsputz, denn der folgt, wie alle wissen, auf den Winter!

In diesem Sinne: Machen Sie nichts kaputt!

Frühjahrsputz

Sonne! Frühling! Vogelgezwitscher! Zeit, fliegen zu gehen. Während ich an einigen Stellen kleine Gucklöcher in die schmutzigen Fenster schrubbe, schnappen sich die Piloten ihre Flugmaschinen und ...

... lassen sie beinahe wieder fallen. Wolken steigen auf, die Piloten stehen hustend in einem Nebel aus Winterstaub. Ich reiße schnell ein Fenster auf und Staubmäuse tanzen durch den Raum. Mein prüfender Zeigefinger stellt mahnend fest: Ein Frühjahrsputz ist fällig. Leider muss ich zusehen, wie die Piloten schnell das Weite suchen, während ich noch nach geeigneten Reinigungsmitteln forsche. Was könnte man denn da nehmen? Hm ...

Schnell mal das Internet befragen: Scheibenklar und Küchenrolle. Jau. Diese Gegenstände dematerialisieren regelmäßig in meiner Küche. Vor allem im Sommer, wenn Insektenleichen oder Grasreste von Rotorblättern zu entfernen sind. Und so ist es natürlich auch jetzt – keine Ahnung, wo Scotty die Sachen hingebeamt hat. Und niemand da, um nachzufragen.

»Wenn Gott gewollt hätte, dass Helis sauber sind, wäre Spüli im Regen.« Wer von euch hat denn diesen schlauen Spruch in die Weiten des Netzes entlassen? Hier melden und antreten! Putzdienst!

Gut, weiter: »Sauber Kabel verlegen« – ich hoffe ja,

das ist selbstverständlich! Mein Vertrauen in elektrische Geräte schwindet umso schneller und gründlicher, je mehr Kabel man sieht (und je dichter vor meiner Nase sie fliegen).

Facebook erzählt mir dann, dass Dunkan Bossions heute noch zum Altpapiercontainer muss.

Spätestens, wenn er den ganzen Kram ausgepackt hat, den ihm anscheinend ein vorzeitiger Osterhase vorbeigebracht hat. Da ist er bestimmt nicht der Einzige. Ich bin ein bisschen froh, dass meine Piloten jetzt erst einmal den Staub von Helikoptern fliegen, die schon fast zur Familie gehören.

Heliwiki sagt, ich soll Druckluft zum Saubermachen verwenden. Ich finde den Vorschlag prinzipiell sehr gut, aber, mal ehrlich: Wenn ich nur vorsichtig in die Ecke des Hubschrauberregals puste, habe ich das Gefühl, mitten in einem Sandsturm in der Sahara zu stehen. Außerdem steht der Kompressor in der Garage. Zu weit weg und zu schwer, um ihn in die Wohnung zu karren.

Zuletzt probiere ich noch schnell den Staubmagneten aus, um festzustellen, dass Staub überhaupt gar kein bisschen magnetisch ist. Dann fällt mir das Buch »Mama Muh räumt auf« von Sven Nordqvist ein. Und bevor dieser kleine Gedanke, das Helizimmer so aufzuräumen, wie Mama Muh den Kuhstall, in mir wachsen kann, schließe ich schnell die Tür zum Hobbyzimmer und gehe meiner Wege.

In diesem Sinne: Machen Sie nichts kaputt!

Gemeinsam-keiten

zwischen Modellfliegern und Leseratten

»Dieses Wochenende«, teilt der größere meiner beiden Lieblingspiloten mir mit, »dieses Wochenende will ich fliegen gehen.«

Der Wetterbericht kündigt 18 Grad an, die Sonne scheint durch frisch geputzte Fenster auf immer noch leicht eingestaubte Helikopter. Ja, es ist Zeit für ein ganzes Wochenende Fliegerei und ich muss sagen, ich unterstütze das. Irgendwie macht mein Pilot nach einem Wochenende Modellfliegen einen entspannten Eindruck (vorausgesetzt, die Reparaturarbeiten halten sich in Grenzen).

Entspannter jedenfalls als nach dem Wochenende, an dem er Kinder hüten musste, weil ich auf der Buchmesse war …

Draußen im Garten wartet zwar auch eine Menge Arbeit, Rasenmähen zum Beispiel. Doch wer diese Kolumne kennt, weiß: Diese Arbeit wartet speziell auf mich! Meine Piloten sind zwar gerne an der frischen Luft, aber eigentlich zum Modellfliegen. Und zum Modellfliegen. Und vielleicht auch noch zum

Modellfliegen. Manchmal essen sie danach ein Eis. Der Zucker und das Fett darin sind sicherlich gut gegen den Sauerstoffschock nach einem ganzen Tag draußen.

Ich esse auch gerne mal ein Eis. Und ja: Das schreibe ich jetzt, weil ich nach Gemeinsamkeiten zwischen Modellhelikopterpiloten und Leseratten suchen wollte.

Und da wir gerade beim Rasenmähen sind: Auch ich gehe lieber meinem Hobby nach, als den Rasen zu mähen. Ein gutes Buch in der Hängematte zu lesen, was für eine himmlische Vorstellung! Das einzige Problem dabei ist das schlechte Gewissen, das man bekommt, weil an einem Samstagnachmittag alle paar Minuten ein anderer Nachbar seinen Rasenmäher startet. Also vielleicht doch schnell mähen? Da haben es meine Piloten besser, erstens sind sie es gewohnt, alle paar Minuten ein anderes Motorengeräusch zu hören. Und zweitens haben sie auf dem Platz einen Aufsitzrasenmäher – wie cool ist das denn? Mal ganz abgesehen davon, dass unsere Rasenfläche mit Aufsitzrasenmäher in ungefähr 2 Minuten 53 Sekunden fertig gemäht wäre. Also gut. Vielleicht ist Rasenmähen doch eine Gemeinsamkeit. Nur, dass der Ort und die Mittel sich leicht unterscheiden.

Eine weitere Gemeinsamkeit habe ich nach einem Blick in die Regale festgestellt. Unter Bücherlesern gibt es diese Abkürzung: SUB. »Stapel ungelesener Bücher« Im Internet kann man sich darüber austauschen, wie der Stapel wächst oder schrumpft, welche Bücher ganz oben liegen und welche etwas weiter unten. Etwas Ähnliches scheint es bei Modellfliegern auch zu geben. Man könnte es SUM »Stapel ungeflogener Modelle« nennen. Ich glaube auch, dass es da den Modellfliegern geht, wie den Leseratten: manche haben mehr Zeit fürs Hobby, die Stapel sind kleiner. Andere haben etwas weniger Zeit, vielleicht auch ein paar Euro mehr für das Hobby übrig und der SUB oder SUM wächst. Auf Facebook könnte man posten: Ich gehe jetzt meinen SUM kleiner machen … oder kurz: isch geh SUMSUM!

In diesem Sinne: Machen Sie nichts kaputt!

iSt MODELL-FLIEGEN SeXY?

Letzte Woche habe ich das Ergebnis einer Umfrage im Radio gehört, das mal wieder einige Vorurteile (Frauen denken doch nicht kompliziert?) bestätigt.

Frauen finden Männer mit Bart sexy. So weit, so gut. Allerdings nur, wenn der Bartträger allein auf weiter Flur zwischen vielen Bartlosen ist. Und das »allerdings nur« ist wichtig, denn Bartträger sind unter Bartträgern nicht beliebter als andere. Was schließen wir (und auch besagte Radioreportage) daraus? Frauen lieben das Besondere. Damit ist nicht nur die extravagante Handtasche, die schnuckeligen Schuhe und das süße Cabrio gemeint, sondern auch Ihr, Männers!

Jawohl! Allerdings nur, wenn Ihr Euch auch von anderen Eurer Spezies unterscheidet, sprich, etwas Besonderes seid. Also mal nachrechnen: in Deutschland leben ca. 80 Millionen Menschen, gehen wir davon aus, dass ca. die Hälfte männlich ist.

Der DMFV hat ungefähr 80 000 Mitglieder, davon fliegen viele Fläche, einige sind weiblich, andere nicht mehr aktiv – egal, rechnen wir mal mit 40 000 Modellhelikopterpiloten in Deutschland.

Tatataaaa. Hier ist die gute Nachricht: Einer von tausend Männern in Deutschland ist Modellhubschrauberpilot. Lieber Leser, Sie sind ein Exot. Im positiven Sinn, denn nach obiger These trägt das dazu bei, dass Frauen Sie sexy finden.

Zumindest bis zu dem Punkt, an dem sie Ihre Freunde kennenlernt, die auch alle diese sperrigen Dinger mit in den Urlaub schleppen wollen. Falls an diesem Punkt in Ihrer Beziehung das Interesse Ihrer Freundin an Ihrem Hobby und an Ihnen merklich geringer wird – es liegt daran, dass Sie Ihren Status als Besonderheit verloren haben.

Ist dann noch etwas zu retten? Vielleicht können Sie aus der Masse der Modellflieger herausstechen, indem Sie besonders gut fliegen? Romantische Nachtflüge wären auch eine Möglichkeit. Hm. Die Internet-Suchmaschine hilft nicht wirklich weiter. Als ich Modellfliegen und sexy eingebe, kommt ganz vorne eine Seite, die mir 30 gestandene Mannsbilder aus der Nähe von Wasserburg anpreist. Nicht passend zum sexy Modellflieger, der ja irgendwie einzigartig sein sollte. Und wenn ich in Facebook in den RC-Flieger Gruppen stöbere, was finde ich da? Es tut mir sehr leid für Euch, Jungs, aber wirklich sexy sind:

genau – die Mädels unter den RC-Piloten. Und was sind sie noch? Genau: wenige.

Und nun? Bevor der geneigte Leser jede Hoffnung aufgibt, darf ich darauf hinweisen, dass Modellflieger viele guten Seiten haben: Sie gehen nicht in die Kneipe, sondern entweder Helikopter fliegen oder zu Hause schrauben. Sie sind weder geizig noch verschwenderisch und sie verstehen, wenn man Geld für sein Hobby ausgeben will. Manche leiden auch unter einer Art permanent schlechtem Gewissen, weil ihr Hobby Geld kostet. Ihre Frustrationstoleranz wird permanent geübt.

Ich werde nicht müde, auf die Ähnlichkeit zwischen Hubschraubern und menschlichem Nachwuchs hinzuweisen: Beides macht Krach und stinkt (in Maßen), beides kostet eine Stange Geld. Der Modellflieger an sich macht also durchaus Punkte auf der nach oben offenen Partnerschaftsskala.

Und wenn Sie, lieber männlicher Leser am Sexy-Sein arbeiten wollen – werfen Sie mal unauffällig einen Blick nach links und rechts. Und wenn Sie keinen anderen Bart sehen, dann lassen Sie es sprießen!

In diesem Sinne: Machen Sie nichts kaputt!

MYSTERIÖSE PHYSIKALISCHE PHÄNOMENE

ODER WAS HELIFLIEGEN MIT HARRY POTTER ZU TUN HAT

Ich gebe zu, ich bin eher sprachlich begabt als physika-lisch-mathematisch. Mir kann man viel erzählen, wenn es Mathe und Physik betrifft.

Bisher dachte ich aber, wenigstens mit den Naturgesetzen grob vertraut zu sein. Gravitation, Schwerkraft zum Beispiel, davon haben wir ja schon mal gesprochen. Thermodynamik, das hat nichts mit Hubschraubern zu tun, oder? Im Lexikon steht was von Dampfmaschinen. Wenn es dampft, dann, nehme ich mal an, ist der Hubi kaputt.

Das Ohm'sche Gesetz, schlägt mir eine Liste im Internet vor, ist auch ein Naturgesetz. Aus mei-ner Schulzeit, die allerdings in einem anderen Jahr-tausend stattfand (Deshalb bitte ich die Fehler groß-mütig zu entschuldigen oder Beschwerdebriefe an meine E-Mail-Adresse zu schicken), meine ich mich zu erinnern, dass das etwas mit Widerstand zu tun hat. Könnte man natürlich darauf beziehen, mit welchem Widerstand manche Piloten ihren neuen, teuren Hubschrauber sich in die Luft erheben lassen. Aber so gefühlsmäßig würde ich eher sagen, von dem Ohm'schen Gesetz ist was im Hubschrauber drin. Strom und so.

Und wenn der Heli mit Lichtgeschwindigkeit fliegt, ist gewaltig was schiefgegangen. Wobei manche ja schon nah dran sind …

Vielleicht sind die Naturgesetze einfach zu hoch gegriffen für die Modellfliegerei. Vielleicht gelten da andere Gesetze? Physikalische? Magische? Eine Kombination aus beiden?

Der Begriff des Springrasens, zum Beispiel, scheint mir so ein Phänomen zu sein. Und andere, ähnlich gefährliche Mutationen von scheinbar harmlosen botanischen Lebewesen. Hüpfhecken, Maisfelder mit magnetischer Anziehung, boxende Bäume. Einer alten Botanikerin wie mir steht da doch das Fragezeichen ins Gesicht geschrieben. Magie?

Ähnlich geht es mir mit dem Phänomen des Heckausfalls. Meistens, wenn einer von den kleinen Hubschraubern kaputt ist, dann hatte er Heckausfall. Es scheint nichts mit Haarausfall zu tun zu haben, verwendet wird der Ausdruck von dem kleinen Piloten mit dem vollen Haar. Meist betrifft es die Helis, die vor der Tür geflogen werden. Ist vielleicht doch eher so etwas wie Husten? Ein allergischer Husten vielleicht sogar? Magischer Husten?

Einmal, da hatte ein großer Hubi Heckausfall, dem ging es richtig schlecht, der hatte auch noch Boomstrike dazu. Denken Sie sich in diesem Moment bitte wieder das Fragezeichen in mein Gesicht. Und dann tauchte auch noch Harry Potter quidditch-spielend in meinem Kopf auf. Ein Blick ins Wörterbuch hat mich aber darüber aufgeklärt, dass der Unterschied zwischen einem Heckrohr und einem Hexenbesen in der Position des kleinen r besteht (der legendäre Nimbus 2000 von Harry Potter ist auf englisch als broomstick bekannt). Dann sagte mir jemand, er hätte einen Heckausfall mit Boomstrike gehabt, aber er konnte sich mit einer Auro retten.

Hallo? Auroren auf dem Flugfeld? Was in aller Welt macht Harry Potter da? Ein Jäger schwarzer Magie? Böse Stimmen würden nun wohl behaupten, es gäbe sehr wohl schwarze Magie auf dem Flugfeld: die lästige Tante Schwerkraft.

Aber dann, und hiermit möchte ich nun das Stichwort für diese Kolumne, das mir der Chef genannt hat, aufgreifen, dann sind die Modellhelikopterflugschulen (tatataaa) wohl Ausbildungslager für Auroren.

Zauberschulen sozusagen.

In diesem Sinne: Machen Sie nichts kaputt und zaubern Sie gut!

HeliFerien – UND WaS iCH DaRÜBER NiCHt ERZÄHLEN WERDE

Ist der Sommer nicht die schönste Jahreszeit? Zum Verreisen geradezu ideal. Hier in Bayern gibt es im Juni zwei Wochen lang die Pfingstferien und in manchen Jahren ist es warm.

Also packen wir dieses Jahr im Juni unsere Taschen, schleppen sie vor das Haus und müssen feststellen, wie klein so ein Kombi ist. Nachdem die Helisachen alle im Auto verstaut waren, war für Mutter und Sohn II kein Platz mehr. (Wer meine erste Kolumne über den Urlaub gelesen hat, erinnert sich vielleicht an die goldenen Zeiten, in denen das Werkzeug für die Hubschrauber in eine kleine Eisdose gepasst hat.)

Nicht schlimm, es gibt ja noch ein zweites Auto in dieser Familie (und falls Sie sich wundern, warum wir nicht den Bus genommen haben: Ich fahre jetzt einen Kleinwagen, mit dem man wunderbar Parklücken findet!). In meinem Auto fand neben einem Kind sogar noch die Tasche mit unseren Kleidern Platz.

Und bis zu unserem Ziel in Österreich, genauer gesagt im sonnigen Kärnten, war es gar nicht weit zu fahren. Ein wunderbares Familienhotel mit einem großen Spielplatz, einem Freibad mit Rutsche und einem – ja genau! – Modellflugplatz.

Mittlerweile sogar zwei. Und ich werde weder verraten, dass es auf dem neuen Platz viele Arbeitstische mit Strom zum Laden, ein Zelt für Besucher und sogar WLAN für Hotelgäste gibt, noch die Standleitung zum österreichischen Modellbaushop erwähnen.

Wenn man zuviel über solche Sachen spricht, dann wird es nur zu voll da. Diesmal mussten sich unsere Helipiloten den Platz fast nur mit Flugzeugen teilen. Irgendwie scheinen die Respekt vor den Rotoren zu haben, oder warum waren immer entweder drei bis fünf Flugzeuge in der Luft oder ein (!) Hubschrauber?

Und wen ich auch nicht erwähne, das sind die Leute vom besten Modellfliegerverein Kärntens. Aus dem schönen Tal, in dem wir waren. Und zwar, weil ich diese netten Leute nicht teilen werde. Und auch nichts von meiner Grillwurst abgebe. Tut mir leid. Meins. Geht woanders hin.

Übrigens war das Wetter sowieso ideal zum Modellfliegen. So um die zwanzig Grad, Sonne und Wolken, nur selten mal ein bisschen Regen. Wenn man jetzt den Pool am Hotel hätte benutzen wollen – das wär blöd gewesen. Oder zumindest kalt (bewiesen durch die großer-Zeh-ins-Wasser-halte-Probe). In der Woche vor unserem Besuch war das bei 38 Grad C bestimmt eine willkommene Abkühlung.

Aber so war wenigstens die Terrasse vor dem Hotel schön leer, die weniger hartgesottenen Hotelgäste wurden einfach vom Wind weggepustet. Damit war die Sicht auf die Flugplätze frei, und sobald Sohn II und ich vom Kartenspiel aufsahen, konnten wir Flugmodelle bewundern.

Leider geht irgendwann auch die schönste Urlaubswoche zu Ende – und soweit ich weiß, auch die Schlechtwetterphase in Kärnten.

In diesem Sinne: Machen Sie nichts kaputt und verbringen Sie einen schönen Urlaub mit Ihren Lieben (und Ihrer Familie!)

VORBILDER

Ein Vorbild ist eine Sache oder eine Person, die von anderen, vornehmlich jungen Menschen beobachtet und nachgeahmt wird. Die ersten Vorbilder eines Menschen sind meist die Eltern. Goldene Zeiten, in denen die Welt für kleine Kinder aus Weiß und Schwarz besteht und alle Grautöne fehlen. Doch goldene Zeiten haben es irgendwie an sich, dass sie allzu schnell vorbei sind ...

Ab einem bestimmten Alter fallen Mama und Papa, die jahrelang die Hauptdarsteller des Vorbildtheaters waren, aus. Dennoch haben Eltern ein besonderes Interesse an den diesbezüglichen Nachfolgern. Man wünscht sich eher so einen Schwiegermuttertraum-Schnösel als einen Fuck-ya-all-Coolio als Vorbild für die eigenen Kinder. Am liebsten sollten die lieben Kleinen selbstständig denken und ein eigenes Urteilsvermögen entwickeln. Alleine feststellen, was sich nachzuahmen lohnt und was man besser ignoriert.

Auf Englisch heißt Vorbild übrigens role model, womit wir beim Thema wären. Den Modellen.

Den Flugmodellen natürlich.

Hier: die mit den Rotoren am Oberdeck.

Auch hier gibt es ganz verschiedene Phasen, ja Stadien der Vorbildentwicklung. Für den Anfänger mag der Kumpel, der sich den 700er Heli gekauft hat, ein toller Hecht sein. Bis zu dem Moment, wenn die Bescherung in Einzelteilen am Boden liegt.

Manche verharren in Stufe eins und kaufen sich einen neuen Modellhelikopter. Und die Chose geht von vorne los.

Andere steigen in Phase zwei ein und kontaktieren einen Fluglehrer. Für die Basics. Wenigstens, bis man Schweben und Rundflug beherrscht, taugt der Basiclehrer als Vorbild.

Dann aber kennt man sich in der Szene ja schon ein bisschen aus, besucht das eine oder andere Flugevent und in Vorbildphase drei tun sich ganze Welten von möglichen Vorbildern auf. Fluglehrer der gehobenen Klasse, Teampiloten, Gewinner verschiedener Wettbewerbe. Europaweit, ach was, weltweit!

Die Globalisierung von Vorbildern hat auch ihre Vorteile.

Letztes Jahr auf der IRCHA (ein etwas größeres Event in den USA) rannte unser kleiner Pilot glücklich durch die Gegend und sammelte Unterschriften auf seiner Haube. Nachdem er die uns näher bekannten deutschsprachigen Teampiloten abgeklappert hatte, war noch Platz auf der Haube. Der junge Mann kramte tatsächlich ein paar Brocken Englisch heraus und ergatterte ein paar Unterschriften, auf die er bis heute sehr stolz ist. Als er sich vor kurzem für eine zweite Fremdsprache im Schulunterricht entscheiden musste, war die Sache klar: Latein spricht keiner, außer der Papst und der kann nicht Helifliegen. Französisch brächte ihn da weiter. Und dann, als ich schon an seinen Motiven zu zweifeln begann, bewies er, dass er in der Lage ist, seine Vorbilder kritisch zu hinterfragen. Er sagte zu mir: »Gell Mama, dieser Franzose, der fliegt super. Aber über seine Frisur sollte er nochmal nachdenken.«

In diesem Sinne: prüfen Sie bitte den Sitz Ihrer Frisur und machen Sie nichts kaputt!

5 Sätze, die ein Modellpilot nicht sagt

1. Ersatzteilbeschaffung – kein Problem für mich!

Nehmen wir mal an, Sie wollen in den Urlaub. Keine Frage, die Hubschrauber müssen mit (ich würde es nicht wagen, etwas anderes auch nur zu denken!). Falls Sie jetzt nicht gerade irgendwohin fahren/fliegen, wo der nächste Helishop um die Ecke ist (wir berichteten), werden Sie sich unweigerlich wünschen, für alle möglichen Eventualitäten gerüstet zu sein. Sprich: Ersatzteile und Werkzeug nehmen mehr Platz weg, als die zierlichen kleinen Modellhelikopter.

Vorschlag: Sie kaufen Ihrer Frau einen E-Book Reader, der ist leicht und nimmt nicht viel Platz weg. Raten Sie ihr außerdem von der Ausübung anderer platzintensiver Hobbys ab. Wenigstens im Urlaub. Sie wollte doch den Alltag mal ganz hinter sich lassen! Packen Sie alles ein, was Sie finden.

Vor ein paar Tagen habe ich von einem Modellflieger gehört, der eineinhalb Stunden suchend in einem Maisfeld verbracht hat. Allerdings ist mir nicht klar, ob er Helikopterteile oder nur den Ausgang aus dem Labyrinth gesucht hat.

Was hat ein Modellflieger gemacht, der von oben bis unten mit gelbem Blütenstaub verziert ist? Richtig: Er ist *über* einem Rapsfeld geflogen …

Die gute Nachricht ist, es wird an Lösungen gearbeitet. Ein befreundeter Konstrukteur hat vor kurzem auf die Möglichkeit hingewiesen, wichtige Komponenten mit einem Fallschirm auszustatten. Oder einem Peilsender.

Das wirklich Schlimme daran ist: Sie lachen jetzt vielleicht, aber nachher, wenn keiner zusieht, da überlegen Sie sich, ob das nicht wirklich eine gute Idee ist!

2. **Meine Frau (Mutter, Tochter, Mitbewohner, wer auch immer) liebt es, wenn ich die Helikopter ins Wohnzimmer/Küche stelle.**

Sie sind Single, oder?

Das ist nur erlaubt, falls Ihr Mitbewohner/ihre Mitbewohnerin auch ein platzintensives Hobby hat. Aber vielleicht faltet ausgerechnet Ihre Frau ja leidenschaftlich Origami und lässt überall Kraniche herumliegen. Herzlichen Glückwunsch!

3. **Meine Familie liebt es, wenn ich jedes Wochenende und am Nachmittag beim Fliegen bin.**

Bitte machen Sie sich jetzt Sorgen um Ihre Ehe und die Beziehung zu Ihren Kindern, falls Sie sich fragen, warum man diesen Satz nicht sagen sollte! Ihre Kinder, das sind übrigens die Lebewesen, die ebenfalls in Ihrem Haushalt leben, aber nicht für die Verpflegung zuständig sind.

4. **Unsere Stromrechnung, äh, die ist ganz normal.**

Stimmt genau. Höchstens der dauernde Gebrauch des Trockners könnte schuld daran haben, dass da solche Unsummen an Nachzahlungen darauf stehen. Ich würde diesen Themenkomplex in der Konversation mit Freunden und Familie an Ihrer Stelle weiträumig umschiffen.

5. Meine Lipos (Lithium-Polymer-Akkumulatoren) lagere ich unter dem Bett – wie alle meine Wertsachen.

Manche mögen's heiß …

Auf der anderen Seite sparen Sie sich so vielleicht die Rauchmelder. Aber – waren die nicht Pflicht? Ich muss mal nachsehen, ob man die Rauchmelder nur haben oder auch in der Wohnung anbringen muss. Die Lipos, die ich kenne (persönlich und mit Namen, man verreist schließlich auch zusammen), die dürfen in feuerfesten Koffern schlafen, und ich hoffe, Ihre auch.

In diesem Sinne: Machen Sie nichts kaputt!

DER SCHLIMMSTE FEIND

Ein Helipilot hat ja mit vielen Widrigkeiten zu kämpfen. Wetter zum Beispiel, im Herbst gerne ein Thema. Besonders in dieser Jahreszeit sollten Sie nicht nur mit Regen von oben und Wind von der Seite rechnen. Warme Schuhe helfen gegen die Kälte von unten …

Zeit, die Moonboots rauszuholen! Dicke Jacken, Handwärmer, gibt es eigentlich Lenkradheizung für Fernsteuerungen? Warum nicht?

Oder das Dauerthema Schwerkraft. Hat auch noch keiner was dagegen erfunden. Die Kinder sind begeistert, welche tollen Gesichtsausdrücke Modellpiloten machen, wenn das Ding unkontrolliert auf den Boden kracht. Und welche Wörter man da lernen kann! Übertroffen wird das nach Aussage des kleinen Piloten höchstens von ostbayrischen Busfahrern im Münchener Berufsverkehr.

Nicht zu vergessen das gute alte Pech. Der große Unterschied zum Schwerkraft-Feind ist, dass hier ein fehlerhaftes Bauteil die Schuld auf sich nimmt. Man ist also nicht einfach zu nah am harten Boden geflogen, sondern es hat sich beispielsweise eine Schraube während der letzten hundert Flüge locker gerappelt. Passiert eben.

Wiederholt sich das Ganze mehrmals, sind Sie vom Pech verfolgt. Sie haben zwei Möglichkeiten: Schmeißen Sie das Ding aus dem Fenster (bitte darauf achten, dass das Fenster geöffnet ist und eine entsprechende Wertstofftonne direkt davor steht.). Oder akzeptieren Sie, dass Sie an den langen dunklen Winterabenden schon etwas vorhaben: Hubschrauber auseinandernehmen und wieder zusammenbauen. Eine Wartung, dann ist er bestimmt wie neu. Hoffentlich. Ich drücke die Daumen.

In Wahrheit sind diese Sachen alle harmlos. Ich werde Ihnen sagen, wer der wahre, der böse, der Erzfeind des Hobbys ist: *Mädchen*.

Uahh! Erschrecken Sie nicht, ich hab keines mitgebracht, Ihnen wird nichts geschehen!

Aber mal ehrlich, in der neuesten Geschichtsschreibung auf Facebook kann man nachlesen, dass ein gewisser Dunkon B. aus F. seit dem 24. Juli 14 mit einer gewissen Coline G. in einer Beziehung ist.

Und was muss der arme Junge außer einigen Glückwünschen lesen? In der Landessprache? Dass ein gewisser Kyle S. aus USA jetzt wohl mehr Zeit zum Modellhelikopterfliegen hat und er aufpassen soll, dass er seinen Titel als weltbester Daumenkünstler nicht verliert. Der arme Junge.

Soll ich Ihnen mal was sagen? Dunkan hatte Glück. Den Vorsprung im zwischenmenschlichen Bereich konnte Kyle S. aus USA wohl nicht auf sich sitzen lassen.

Am 15. September verkündete ein wohlmeinender Fan mit demselben Nachnamen wie Kyle, dass eine gewisse Ashley Rose M. jetzt öfter zu sehen sein wird. Und was steht in den Kommentaren? Genau. Diese Mädchen scheinen eine weltumspannende Gefahr zu sein. Für Modellhelikopterpiloten zumindest.

Bei unserem kleinen Piloten ist da noch eine Weile Ruhe. Und trotzdem: Wenn jemand seine Flugkünste lobt, dann schwenkt der große Pilot das sorgenschwere Haupt und murmelt in seinen Bart: »Warten wir ab, was passiert, wenn die *Mädchen* kommen.«

In diesem Sinne: Hüten Sie sich vor Mädchen, dem Wetter und der Schwerkraft. Dann machen Sie nichts kaputt!

PiROU-WƏS??

Als Mutter weiß man gern, was der Nachwuchs macht. Vor allem der kleine Pilot. Und man versucht, das, was man erfährt, auch zu verstehen. Ich versuche also, mir anzusehen, was auf Youtube so läuft. Ich verstehe halbwegs, wie man das Smartphone bedient. Ich kann ein Flugzeug von einem Helikopter unterscheiden.

Aber ich stehe fassungslos vor einer Sache. Vor einem Bereich, der eigentlich in mein Spezialgebiet Sprache fällt.

Was bitteschön, geht da in der Luft ab?

Ich meine, ich verstehe, was Nasenschweben sein soll. Weil ich gesehen habe, wie es geht. Vor vielen Jahren, Anfang unserer Helijahre.

Aber wie bringt man einen Heli dazu, wie ein Frosch zu hüpfen? Und wozu soll das gut sein?

Man kann in vielen Büchern und auch in Magazinen nachlesen, wie man diese Zappelbewegungen mit Helikoptern ausführen kann. Wobei ich nicht ganz glauben kann, dass man durch das Lesen vieler klein-gedruckter Zeilen wirklich etwas über die Entstehung einer *Snake* lernen kann. Ich meine, eine Schlange schlüpft doch wohl eher aus einem Ei als aus einem Helikopter. Gibt es deswegen dieses Hongkong-Ei? Aus dem wird dann die Schlange?

Wobei mich der Name Snake immer an Professor Snape erinnert. Das mag zugegebenermaßen an einer in unserer Familie grassierenden Harry-Potter-Sucht liegen.

Und Tornado könnte ein besonders fieser Wind-Zauber sein.

Der Quick-Kripp-Start könnte eine besonders raffinierte Eröffnung eines Quidditch Spiels sein. Harry auf seinem Besen mit dem schicken Namen Nimbus 2000 auf der Jagd nach dem Snitch macht eine Vierzeiten-Rolle, schließt einen Piro-Flip an. Gleich hat er ihn. Quick Stop. Weg ist der Snitch. Piro-Flip.

Harry ist wieder auf der Jagd. Jetzt. Gleich hat er ihn! In einem waghalsigen Manöver vollführt er einen Flatline Piro-Tic-Toc. Gleich hat er ihn! Voll Pitch! Oh, wieder ist der Snitch weg. Harry fliegt einen weiten

Rainbow, gleitet dann in einem Tail-Slide in Richtung Spielfeld. Lower! Lower!

Und dann: ein wahnsinnig sauber geflogener Funnel, ein paar Tic-Tocs und wow: Harry hat den Snitch! 100 Punkte für Griffindor.

Ja. Harry Potter Sucht.

Sagte ich doch. Ein Hang zur Phantastik.

Aber, ganz real: Machen Sie nichts kaputt!

GUte VORSätze!

Ein Jahr geht zu Ende, ein neues beginnt. Zeit, sich einer liebgewonnenen Unsitte zu widmen: den guten Vorsätzen.

Vorsätze sind vor allem Willensbekundungen mit einer bemerkenswert kurzen Halbwertszeit. Gewöhnlich halten gute Wünsche nicht länger als eine Woche, meistens nur wenige Stunden. Schon deswegen empfehlen landauf, landab die Vorsatzpsychologen in Zeitschriften und Internet, möglichst wenige Vorsätze zu fassen. Am besten nur einen einzigen. Manchen reicht das nicht.

Hier also unsere hochaktuelle Zehn-Punkte-Liste:

1. **Weniger Süßigkeiten essen!**
   Ein Must-Have auf jeder Liste guter Vorsätze. Leider auch der Vorsatz (neben dem Mit-dem-Rauchen-aufhören), der am schnellsten aufgegeben wird.

2. **Sport treiben!**
   Daumen-Gymnastik an der Fernsteuerung zählt nicht dazu. Und auch nicht, dass Sie im Winter zum Hallenfliegen in einer Turnhalle herumstehen.

3. **Weniger Modelle schrotten!**
   Üben Sie. Am Simulator, mit Lehrer, wie auch immer. Schrott ist teurer, als man denkt.

4. **Den Einkauf auf ein gesundes Maß reduzieren!**
   Das hängt nicht unwesentlich von Punkt 3 ab. Und falls Sie das nicht so ganz schaffen, sollten Sie zumindest Ihre Fähigkeiten, die Einkäufe zu verschleiern, verbessern.

5. **Mehr Flugtage besuchen!**
   Das ist so ähnlich wie: Öfter ins Museum gehen. Zumindest, wenn Sie die Geldbörse zu Hause lassen. Zum Trost könnten Sie ja die Videokamera einpacken.

6. Weniger/mehr Youtube Videos gucken/machen!

Als Mutter kann ich eines sagen: Videos sind die Zukunft. Sehen und gesehen werden, das findet dann hier statt, nicht in echt …

7. Mehr Zeit fürs Hobby haben!

Mal sehen: Modelle bauen, Simulator fliegen, neue Figuren lernen, Flugtage besuchen, Videos drehen und ansehen. Sieht schlecht aus für den Sport. Aber ja: Es heißt ja Modellsport.

8. Mehr Zeit mit der Familie verbringen!

Das erfordert eine besonders kreative Lösung. (Mit kreativ meine ich, dass ein Modellbauer einen guten Grund hat, einen Tag zwischen Sonntag und Montag zu erfinden!)

9. Jeden Monat das Rotor-Magazin (von hinten nach vorne) lesen!

Wie denn sonst?

10. Projekte zu Ende bringen!

Wissen Sie noch, was Stapel ungeflogener Modelle sind (SUM)? Die schreckliche Wahrheit ist aber: es gibt mindestens ebenso viele Stapel nicht fertig zusammengebauter Modelle. Kartons mit einer dicken Staubschicht, Scale-Projekte ganz hinten im Schrank. Aber mal ehrlich: ist der Winter nicht die ideale Zeit für den Vorsatz, daran etwas zu ändern?

Ihr wichtigstes Projekt ist natürlich im Moment die Umsetzung Ihrer guten Vorsätze …

In diesem Sinne: ein gesundes, glückliches neues Jahr mit vielen Vorsätzen und ohne ungewollte Bodenkontakte!

TRAUM DES MODELLPILOTEN

(WINTERVERSION)

Die Nacht ist sternenklar, aber eisig kalt. Nach einer langen holprigen Fahrt immer am Abgrund entlang hält ein alter Transporter vor einer Berghütte. Ein Mann steigt aus. Der Fahrer murmelt einige unverständliche Worte und kassiert. »*Heute nur einfach. Für die Rückfahrt rufst halt an.*«

Er hilft noch dabei, das Gepäck auszuladen, dann steigt der Fahrer schnell wieder in den Wagen. Wenige Sekunden später ist er um die nächste Kurve verschwunden.

Wind kommt auf. Er kriecht bis unter die dicke Winterjacke. Fahler Mondschein beleuchtet das müde Gesicht des Mannes. Er zieht die Schultern hoch. Ein Blick auf die drohenden Schatten der Berge ringsum, dann wendet er sich dem Haus zu. Es steht schwarz in der Nacht, nur ein einzelnes Fenster ist noch beleuchtet.

Er nimmt die Taschen hoch, die alte Holztür knarrt beim Öffnen. Wie aus dem Nichts steht der Wirt in der Tür und zieht die Stirn in tiefe Falten. »*Spät bist.*«

Die zugekniffenen Augen prüfen ihn von oben bis unten. Er stampft fest auf, um die Schuhe sauber zu klopfen. Dann darf er eintreten.

Er schleppt das Gepäck in den Skiraum. Dort steht das Gerät sicher und trocken für die Nacht. Zum Abendessen gibt es nur noch einen Schokoriegel. Der Wirt steigt schlurfend die Treppe hinauf. Er weist ihm ein Bettenlager zu. Müde fällt er auf die Matratze und sinkt in einen traumlosen Schlaf.

Am Morgen kitzelt ihn heller Sonnenschein, der durch das kleine Sprossenfenster fällt. Er schält sich aus dem Schlafsack. In der Stube warten schon dampfender Kaffee und frischgebackenes Brot. Außerdem sitzen an einem Ecktisch drei Freunde. Der vierte gesellt sich dazu, er isst, als hätte er seit Monaten fasten müssen.

Durch das Fenster sieht man die Wiese vor dem Haus. Die anderen Gäste, durchtrainierte Typen mit Kletterseilen am Gürtel, beachten die vier Freunde gar nicht.

Sie warten ab, bis die Stube sich leert. Dann stürzen sie den Rest kalten Kaffees aus den Tassen ihre Kehlen hinunter und machen sich auf in den Skiraum in der untersten Etage. Die Boliden recken die Nasen dem Licht entgegen. Die Männer schleppen ihre Maschinen aus dem Keller auf die Sonnenterrasse vor der Berghütte. Mit Sonnenbrillen und Fernsteuerungen bewaffnet stehen die vier Männer in der wärmenden Wintersonne. Vier Helikopter steigen über der verschneiten Alm auf, der Sonne entgegen.

Ein knarzendes Geräusch vom Nachbargrundstück reißt den Modellpiloten aus seinem Tagtraum. Er bewegt träge die steifgefrorenen Finger, nimmt seufzend die Schneeschaufel und die Arbeit wieder auf.

In diesem Sinn: Solange Sie träumen,
machen Sie nichts kaputt …

Hatschi!

Gesundheit! Der Helipiloten-Schnupfen kann jeden kriegen. Das Wetter in diesem Teil des Jahres ist schließlich schon seit Äonen höchst unzuverlässig. Ein bisschen kalt, plötzliche Frühlingseinbrüche und dazu viel Nass, manchmal nicht ganz flüssig. Nur wenige von uns können sich in eine entschlossenere Jahreszeit flüchten, zum Skifahren in die Berge oder zum Heli-Fliegen in die Sonne …

Was tun? Pause machen mit dem geliebten Hobby – das ist ja wohl was für Heli-bei-Gefahr-Lander, für Schrauben-in-Döschen-Sortierer … und für Leute, die ihrem Modellhubschrauber Filzpantoffeln spendieren. Wir nicht – oder? Und falls jemand zweifelt: Finnische Meteorologen lassen eine Drohne über der Antarktis fliegen – bei –40 Grad Celsius und Windstärke 7! Steht in der Zeitung. Stimmt also.

Allerdings ist die Ausübung des Hobbys bei den momentanen unsteten Temperaturen nicht ganz ungefährlich. Mütze an, Käppi weg, wo sind denn schon wieder die Fingerhandschuhe? Schon mal versucht, mit einem mehrmals um den Hals geschlungenen Schal Auto zu fahren? Sich umzudrehen? Was zu sehen? Helizufliegen? Geht nicht. Genau. Also weg damit. Freie Sicht ist vonnöten.

Das Risiko dabei: Schnupfen. Der alleine ist erst einmal kein Problem für einen richtigen Heliflieger (m/w). So ein bisschen laufende Nase, pah!

Unangenehm wird es erst, wenn die Rotzglocken auf der Oberlippe festfrieren. Nase putzen? Wie denn – mit der Fernsteuerung in der Hand? Man könnte natürlich jemand bitten, auf Zuruf ein kleines Papiertüchlein unter das Näslein zu halten (bei unseren Kindern hieß das früher: Die Nasenblasenpolizei muss kommen).

Fragt sich nur, wer das draußen auf dem Flugplatz macht? Also ist Kreativität gefragt. Es gibt doch da diese Folterwerkzeuge für Pubertierende: Außenzahnspangen. Die werden hinten am Kopf mit einem Riemen befestigt. Anstelle der Zahnklammer könnte man ja eins von Opas alten Stofftaschentüchern einklemmen.

Für den Dauergebrauch müsste allerdings wohl noch eine Möglichkeit gefunden werden, das Tuch zu wechseln …

Die andere Möglichkeit ist natürlich, vorher und hinterher zu putzen und zwischendrin dem Heli so einzuheizen, dass der Akku nicht so lange hält, wie die Nase zum Laufen braucht! Hustenbonbon in den Mund, den Schal gegen ein Halstuch auswechseln, und los geht's!

Und hinterher die Hände am von Weihnachten übrig gebliebenen Glühwein aufwärmen. Aber wirklich hinterher: Don´t drink and fly!

In diesem Sinne: Bleiben Sie gesund und machen Sie nichts kaputt!

DIE SCHULBANK DRÜCKEN?

Kennen Sie den?

> »Na, wie war Dein erster Schultag? Hast du was gelernt?«
>
> »Nee, nicht viel, ich muss morgen leider wieder hin.«

Vielleicht waren Sie an Ihrem ersten Schultag aufgeregter als das Kind aus dem Witz. Oder schon ganz cool? Bei den meisten von uns hat sich die Coolness erst im Laufe der Zeit entwickelt, ungefähr so mit der Pubertät. Spätestens mit der Coolness kommt dann eine gewisse Aversion gegen die Schule, gegen das Lernen. Es ist ein bisschen, als bekäme man grässlich juckende Pickel, sobald das Wort *Schule* auch nur erwähnt wird. Die dann, je näher die nächste Klassenarbeit rückt, wie grüne Eiterbeulen anschwellen und den pubertierenden Schüler plagen. Mit mehr oder weniger Mühe und Not schaffen die meisten Schüler und Schülerinnen dann doch einen Schulabschluss und ergreifen einen Beruf.

Diese unterschwellige Abneigung gegen die Schule scheint sich aber in den Köpfen festgesetzt zu haben. Immerhin so sehr, dass manche Grundschule (ernsthaft!?) die Notwendigkeit sieht, Benimmregeln für den ersten Schultag zu veröffentlichen. Für Eltern! Ernsthaft.

Dabei strotzt der Bildungsmarkt nur so von Angeboten für Erwachsene. Ob man nun einen Schulabschluss nachholen, Yoga oder Altgriechisch lernen, einen Kurs in Brainwalking, über die Philosophie der alten Griechen oder hawaiianische Gruppentänze belegen will. Geht alles. Muss man nur wollen.

Interessanterweise kommt niemand auf die Idee, er könne einfach, ohne Lehrer, einen Kurs oder wenigstens ohne langes Üben Hula tanzen. Noch interessanter ist die Tatsache, dass scheinbar erwachsene Männer immer wieder auf die Idee kommen, sie könnten einen RC-Helikopter ganz intuitiv bedienen. Ohne diesen Mist von wegen Lernen und Üben. Es scheinen ganz besonders fleißige Schutzengel über die RC-Piloten zu wachen, deswegen halten sich die schmerzhaften Erfahrungen in Grenzen.

Doch der finanzielle Schaden eines unerwarteten Bodenkontakts des Fluggeräts bringt viele zur Vernunft. Und deswegen findet die große Suchmaschine 80 800 Treffer, wenn man RC und Helikopter und Schule eingibt. Wenn man dieses Hobby vernünftig (das heißt gefahrlos) lernen will, dann stolpert man quasi über eine Möglichkeit nach der anderen. Und sollte sie in Anspruch nehmen.

RC-Helikopter fliegen, das ist eine andere Nummer als den Inhalt des Überraschungseis ohne Anleitung zusammenbauen, oder auch das Ikea Regal zusammenzuschrauben. Es ist eher wie Hawaiianisch tanzen: Ohne fleißiges Üben und jemand, der einem zeigt, wie es funktioniert, geht gar nichts.

In diesem Sinne: Machen Sie nichts kaputt!

DER IDEALE GEBURTSTAG DES MODELLFLIEGERS

Vor ein paar Tagen habe ich eine kleine, nicht repräsentative Umfrage bei einem Modellpilotenverein auf Facebook gestartet, der Name tut hier nichts zur Sache (es waren die Alpine Heli Friends).

Ich wollte mal wissen, wie sich die Herren ihren idealen Geburtstag vorstellen. Gemeinhin ist der Geburtstag ja ein Tag, an dem Familie & Co. gewillt sind, nach der Pfeife des vermeintlichen Häuptlings zu tanzen.

Es stellte sich heraus, dass Modellflieger (in einer vollkommen unzulässigen Verallgemeinerung) vor allem zwei Dinge wollen: schlechtes Essen und Hubschrauber.

Ganz vorne auf der Wunschliste stand der Bau einer privaten Filiale einer großen amerikanischen Burgerbude neben dem Flugfeld. Wahrscheinlich geht es dabei darum, dass die Nahrungsaufnahme von Fast Food besonders schnell funktioniert, wie der Name ja schon sagt, und man damit Zeit spart, um nach dem

Essen gleich weiterfliegen zu können. Am Geschmack kann es wohl nicht liegen.

Am Geschmack kann auch nicht liegen, dass sich einer der Herren ein Essen von mir (!) gewünscht hat. Das muss ein fehlgeleiteter Bestechungsversuch gewesen sein. Der arme Unwissende. Ein weiser Mann aus Asien hat mal gesagt: Sei vorsichtig mit dem, was du dir wünscht, es könnte in Erfüllung gehen!

Auf Platz zwei der Wunschliste stand, einmal selbst in den Hubschrauber zu steigen. Aus eigener Erfahrung kann ich sagen: Ja, hat was. Ich durfte zwar keine Hebel bewegen (bin ich eh nicht so für zu haben), aber mein Flug ging über das IRCHA Gelände. Ätsch!

Die Frage nach dem idealen Heli-Geburtstagsgeschenk endete in einem Desaster. Es herrscht, meine Herren, eine mir unverständliche Ablehnung gegen Geschenke, die Frau so kaufen könnte.

Man(n) kauft selbst. Es scheint (so schnell gebe ich nicht auf), als gäbe es im Service von RC-Shops eine Marktlücke: mit Hilfe einiger Fragen sollte doch eine ideale Ergänzung des Helikopterbestands zu finden sein. Allein, die Beschenkten müssen von solcherlei Maßnahmen noch überzeugt werden. Die wollen überhaupt nur eins: Zeit zum Fliegen. Und dass die Holde nicht merkt, was das Hobby eigentlich kostet, gell?

Das hat mich ehrlich gesagt, ein bisschen betrübt. Das war schließlich eine ernst gemeinte Frage. Nachdem ich mich vom ersten Schock erholt hatte, gab ich (und gebe ich!) meinem Entsetzen Ausdruck: Was sich Modellflieger wirklich wünschen, ist Ruhe vor den Angetrauten und dem Rest der buckligen Familie. Was einen der angesprochenen Piloten auf Facebook zu heftigen Dementi veranlasste: »Ohne Euch wär alles nur halb so schön!«.

Kommentar meines Angetrauten: »Das kann nur ein Österreicher sagen!«

Was soll das denn heißen? Der weiß nicht, was er sagt? Der tut nur so? Oder vielleicht: Der weiß, wann er auf dünnem Eis steht und wie man da wieder runter kommt?

Sei's drum. Allen Geburtstagskindern wünsche ich einen Geburtstag ganz nach ihrem Geschmack und allen übrigen: Machen Sie nichts kaputt!

WENN DER HELI-EINKAUF DYSKALKULIE VERURSACHT ...

Was mir schon länger im Kopf herumschwirrt: Die Deutschen geben ja recht viel Geld für ihr Hobby aus, 30,9 Milliarden Euro im Jahr 2012 zum Beispiel (de.statista.com). Das sind pro Kopf, Moment, 30,9 Milliarden Euro geteilt durch 80, nein 81 Millionen Einwohner, das sind ...

Wo ist der Taschenrechner? Im Smartphone? ... Bei so hohen Zahlen muss man das Telefon im Querformat nehmen, ist das zu glauben? 48 Euro? Nein. Moment, nochmal rechnen. 382 Euro? Scheint zu stimmen.

Also knapp vierhundert Euro. Entschuldigung.

In meinem Kopf sind so viele Buchstaben, da scheint für Zahlen kein Platz mehr zu sein. Normalerweise lasse ich rechnen. Praktischerweise ist das bei uns ja gut verteilt, einer kümmert sich um Buchstaben, der andere um Zahlen. Was prima funktioniert, so lange es nicht um Modellhelikopter geht. Ist das bei Ihnen auch so?

Der Preis eines Helis für 599,00 Euro wird auf »so vierhundert ungefähr« gerundet, die neuen Akkus kosteten nur zwanzig in den Bart gemurmelte Prozent Rabatt.

Wenn ich drei Bücher á 16,95 Euro für nur »ungefähr zwanzig Euro« kaufe, werde ich mindestens mit einer hochgezogenen Augenbraue gerügt. (Wegen der Mathematik natürlich).

Vierhundert Euro fürs Hobby durchschnittlich. Wenn ich mir da die Preise im Helishop angucke, befürchte ich, es gibt viele Menschen, die fast gar kein Geld fürs Hobby ausgeben. Nicht mal für Bücher oder die zählen nicht dazu, das wird's sein. Vor ein paar Tagen sagte jemand zu mir, er brauche so viele Bücher, weil er so perfektionistisch sei.

Einstein soll gesagt haben, dass alles, wobei Berechnungen versagen, Zufall ist. Denken Sie daran, wenn Sie das nächste Mal mit zwei Tüten mehr als geplant aus dem Helishop kommen: alles Zufall.

Aber Mathematik besteht ja nicht nur aus Algebra. Einer der Sätze aus der Geometrie, an den ich mich noch gut erinnern kann, lautet: Die kürzeste Verbindung zwischen zwei Punkten ist eine Gerade. Zum Beispiel ist Punkt eins Ihr Heli und Punkt zwei das Gänseblümchen da drüben. Und dann stehen Sie da auf der Wiese, und es hat *gerade* nicht mehr gereicht. Entfernungen lassen sich eben nicht mehr so gut abschätzen, wenn man eine Fernbedienung in der Hand hält. Vielleicht denken Sie ja nächstes Mal mit mir zusammen: Mathe ist ein A...Loch.

Dabei bin ich sicher, Sie sind eigentlich ein Mathegenie, wie meine Piloten auch. Nur manchmal hapert es eben, ganz plötzlich.

Mein Fazit: Modellhelikopter lösen eine vererbbare partielle Dyskalkulie aus, die nur schwer behandelt werden kann.

In diesem Sinne: Machen Sie nichts kaputt! Und falls doch, sagen Sie nicht, Sie hätten nicht damit gerechnet!

SOMMERURLAUB

Geht es bei Ihnen bald los? Die schönsten Wochen des Jahres, der Sommerurlaub steht bevor! Erholung tut Leib und Seele wohl, sagt man. Die wertvollen freien Tage müssen genutzt werden. Also fliegt man in ein viel zu heißes Urlaubsland, um mit vielen anderen Heringen am Strand in der Sonne zu schmoren.

Oder man zwängt die ganze Sardinenfamilie in die vierrädrige Blechdose und stellt sich in den Stau. Am einzigen wirklich heißen Sommertag des Jahres. Das Auto ist vollgestopft bis oben hin, jedes Familienmitglied musste schließlich mindestens 14 frische Unterhosen einpacken.

Wir fahren jetzt immer mit zwei Autos in den Urlaub. Leider liegt das nicht daran, dass wir zwei zweisitzige Cabrios besitzen und uns nicht entscheiden können, ob wir das blaue oder das rote bevorzugen sollen. Leider.

Und es liegt auch nicht an den Kindern, obwohl die jedes Jahr mehr Platz benötigen. Nicht nur, dass die Klamotten (ja, auch die Unterhosen) immer größer werden, jeder braucht auch noch immer mehr Modell... äh, Spielzeug kann man das ja eigentlich nicht mehr nennen. Oder doch?

Selbst zwei Autos bieten nur eine begrenzte Menge Platz, und das, obwohl es nicht zwei Smarts sind, oder so. Ein Kombi und ein mittelgroßer Kleinwagen.

Wenn man also den Kombi mit Modell-Hubschraubern, Akkus, Stromgenerator und Werkzeug vollpackt, dann braucht man den Platz im Kofferraum des Kleinwagens für ... ja, genau: für die Modellautos, die Ersatzreifen und den Sprit.

Auf dem Rücksitz ist dann noch Platz für die große Flasche Reisewaschmittel.

In diesem Sinne: Viel Spaß im Sommerurlaub und machen Sie nichts kaputt!

ORDNUNG iSt DaS halBe LeBen ...

Vor kurzem hat der wunderbare Helikopter eines guten Freundes von uns mal nachgesehen, wie die Krone eines Apfelbaumes von innen aussieht. Dabei sind ihm leider einige, teils wichtige Teile abhandengekommen. Intensive Suche hat nichts genutzt, aber die Männer wären ja keine richtigen Modellbauer, wenn der Heli nicht nach einem arbeitsamen Abend und zwei Bierchen wieder flugfähig gewesen wäre.

Die Reparatur ging wirklich ganz flugs vonstatten, das Einzige, was ein bisschen länger gedauert hat, war, die richtigen Teile zu finden ...

Man wünscht sich so einen großen Ersatzteilschrank, in dem alles ordentlich beschriftet auf Vorrat liegt. Ich weiß, wo es so aussieht, nur hängt da neben der Beschriftung noch ein Preisschild dran.

Mal ehrlich: Wer hat nicht schon mal gedacht: »Ach, die Schraube bestelle/kaufe ich schnell neu, wenn ich die suchen muss, dauert das ewig ...«

Na?

Eigentlich wäre es praktisch, es gäbe so eine Art Teile-Abonnement, mit dem immer die Teile geliefert werden, die in den nächsten zwei Wochen fehlen oder kaputt gehen werden. Das, was man schon zu Hause liegen hat, geht ja nur selten kaputt. Zumindest nicht, wenn man weiß, wo es ist. Leider bräuchte man dazu nicht nur eine Standleitung in den nächsten Shop, sondern auch eine Glaskugel. Aber wenn man die entwickeln könnte, dann wäre das sicherlich eine supergute Geschäftsidee.

Wenn einem dann nicht der Poststreik dazwischen- kommt. Ich muss zugeben, dass wir vergleichswei- se wenig betroffen waren. Rechnungen und Werbung haben sehr zuverlässig während der ganzen Zeit ihren Weg zu uns gefunden.

Manchmal sogar das ein oder andere Paket. Aber wehe, man wartet auf etwas, das man drin- gend braucht, wie Batterien oder Ersatzteile! Dafür scheint die Post einen Extra-Container mit Deckel und Schloss zu haben: *Nur für ganz dringende Pakete: Versand schon nach 10 Werktagen.*

Dabei wäre es so einfach: ein bisschen aufräumen, hinterher alles wieder in das richtige Fach, die rich- tige Tüte, alles beschriften, wenn was fehlt, nachbe- stellen. Allerdings muss ich jetzt den großen Piloten in Schutz nehmen. Der ist schon ziemlich ordentlich. Zum Beispiel weiß er genau, in welcher Schachtel im Keller die Feuermelder liegen, die er seit zwei Jahren anbringen will.

In diesem Sinne: Fröhliches Suchen und machen Sie dabei nichts kaputt!

HIMMEL ODER HÖLLE?

Dies ist eine Live-Kolumne aus dem Ferien-Modellfliegerhotel, in das wir schon seit einigen Jahren fahren. Deswegen möchte ich, auch um Ihnen eine Entscheidungshilfe zu geben, einmal die Vor- und Nachteile eines solchen Urlaubs gegenüberstellen.

Modellflugplatz

Pro: Der Modellflugplatz direkt vor der Tür, von dem Sie immer geträumt haben: Mit Arbeitstischen, Ladestationen, Fangnetz und ausreichend Flugfeldern. Und die Ausweichmöglichkeit auf einen zweiten Flugplatz. Setzen Sie Ihre Frau mit einer Getränkepauschale auf die Hotelterrasse, dann kann sie aus ungefährlicher Entfernung beim Fliegen zusehen.

Contra: Wenn es auf dem Flugfeld Sonnenschirme, Liegestühle und WLAN gibt, könnte es sein, dass Ihre Frau und die Kinder im pubertierenden Alter zwar mit zum Flugfeld kommen wollen, dann aber enttäuschend wenig Interesse an Ihren Flugkünsten zeigen, sondern sich in Buch und WLAN vergraben.

Andere Gäste

Pro: Die Wahrscheinlichkeit, Gleichgesinnte zu treffen, ist in einem Modellflughotel außergewöhnlich hoch. Beim Schrauben, Laden und Basteln ist bestimmt jemand da, der eventuell auftretende Fragen beantworten kann, oder Ihnen welche stellt. Auch für die Kinder sind Spielkameraden da und Ihre Frau hat jemanden, der mit ihr spricht, während Sie beim Fliegen sind.

Contra: Sie können sich die anderen Gäste nicht aussuchen. Auch nicht die, die neben Ihrer Frau auf der Hotelterrasse sitzen.

Ersatzteile

Pro: Die Versorgung mit Akkus, Ersatzteilen und Flugmodellen ist erfreulich gut. Eigentlich ist sogar ein Teil der Empfangshalle mit dem ganzen Kram vollgestellt. Sie tun quasi ein gutes Werk, wenn Sie dafür sorgen, dass eins oder mehrere Modelle ihren Weg aus der Verpackung in die Freiheit finden.

Contra: Wenn der Hotelbesitzer Ihnen einen Mengenrabatt für Ihre Einkäufe vorschlägt, dann sorgen Sie besser dafür, dass Ihre Frau nicht in der Nähe ist.

Transport

Pro: Da Sie mit zwei Autos angereist sind, kann Ihre Frau ganz bequem Ausflüge machen, ohne dass Sie erstens die Flugmodelle aus dem Auto räumen, oder zweitens mitfahren müssen.

Contra: Sie haben die Dach-Box vergessen. Was man da noch alles reinpacken könnte!

In diesem Sinne: Machen Sie nichts kaputt!

DER TROLL FLIEGT HUBSCHRAUBER

Jeder kennt einen, auch wenn die meisten drauf verzichten könnten. In jedem Internetforum, in jedem Klassenzimmer, auf dem Büroflur und überall da, wo Menschen aufeinandertreffen, gibt es sie, die Trolle.

Damit meine ich nicht die Trolle aus dem Märchen, die, etwas plump und sehr bösartig, den Menschen Schaden zufügen. Die sich als Berg tarnen oder unter einer Brücke wohnen und die darüber Gehenden überfallen. Die auch niedlich sind.

Nein, ich meine die anderen, die Sie aus dem Internet kennen könnten. Ein Troll ist, laut Lexikon, jemand, der die Kommunikation ständig behindert, der andere provoziert und Streit sucht. Sie haben sich wahrscheinlich erst gestern oder sogar heute Morgen über einen geärgert.

Oder sind Sie etwa selbst einer? Sogar auf dem Modellflugplatz sieht man sie immer wieder. Die Typen, die zu allem was zu sagen haben, alles besser wissen.

Auf dem Modellflugplatz konnte ich zwei verschiedene Sorten davon beobachten. Der eine, erwachsene (na gut, ausgewachsene) Typ ist so einer, der etwas rücksichtslos immer dann fliegt, wenn man selbst gerade losgehen wollte. Der mit seiner Schaumwaffel weit ausholende Kreise fliegt, und dann noch einen, und noch einen, und …

Ärgern Sie sich ruhig, dann schlafen Sie wenigstens nicht ein, während Sie auf Ihren Slot warten.

Der zweite Typ kann für sich in Anspruch nehmen, noch nicht ganz ausgewachsen zu sein. Aber in Sachen Provokation kann sich der große Troll noch eine Scheibe von ihm abschneiden. Mit viel Engagement, Finesse und langjähriger Erfahrung piesackt der kleine Bruder den kleinen Piloten, sodass der nah an der

Weißglut köchelt. Dafür, das wird jeder zugeben, sind diese Exemplare tatsächlich niedlich.

In diesem Sinne: Machen Sie nichts kaputt!

Nachtflugmusik

Nachtflug, das haben Sie sicherlich schon oft gehört. Viele Diskotheken schmücken sich mit diesem Namen, der im Norden wie im Süden der Republik gleichermaßen beliebt ist. Dass das Wort etwas mit Musik zu tun hat, zeigt auch, dass es ein Album von Falco gibt, und andere Bands und Lieder, die danach benannt wurden.

Natürlich ist ein Nachtflug schlicht und einfach ein Flug, der während der Nacht stattfindet. Also während der Zeit zwischen der bürgerlichen Abenddämmerung und der bürgerlichen Morgendämmerung.

Wissen Sie auch nicht, was zur Hölle bürgerliche Dämmerung ist? Man kann die Antwort natürlich im Internet nachlesen: Es geht darum, dass man noch im Freien lesen kann. So viel Licht kann man natürlich nicht gebrauchen, wenn man einen richtigen Nachtflug machen will. Nicht mit einem großen Flugzeug, kein Kontinentalflug über Nacht in die Karibik, nein, einen Nachtflug mit diesen etwas kleineren Helikoptern, Sie wissen schon, die mit dem Motor und der Fernsteuerung.

Ich habe eine kleine Untersuchung zu den Themen Nacht + Helikopter + Musik angestellt. Dabei fällt auf, dass es drei Arten von Musikgenres gibt, die für Nachtflüge benutzt werden. Und drei Arten von Piloten:

Erstens, der Auto-Scooter-Style Typ.

Das sind die, die früher immer im Stehen Auto-Scooter gefahren sind. Diskomusik, die heute oder vor langer Zeit mit hämmernden Beats die Tanzflächen rockte, ist ihre erste Wahl. Wahrscheinlich, um den Sound, der auch mal mit wummernden Kopfschmerzen verwechselt werden kann, zu überspielen, vollführt der Pilot im schnellen Wechsel hackende Flugbewegungen.

Zweitens, der Exot.

Früher tanzte er im Kindergarten seinen Namen im Ausdruckstanz. Dieser Pilot fühlt ein gewisses Sendungsbewusstsein, bayrische, österreichische, oder eine andere Sub-Kultur in die Welt zu tragen. Als Nachtflugmusik wählt er zum Beispiel Hubert von Goiserns »Brenna tuats guat«.

Allerdings verstehen die Zuschauer weder in Schleswig-Holstein, Germany, noch in Indiana, USA, was der komische Mensch da singt. Aber das hält ihn nicht davon ab, eine Kür zu fliegen, die ihm nichts als Beifall einbringt.

Schauen Sie das nächste Mal, wenn ein Exot fliegt, genau hin: Fliegt der etwa den Namen seines Hubschraubers?

Last, but not least, gibt es den Romantiker.

Gleich nachdem er die programmierbaren Blätter bestellt hat, sucht er in den Untiefen des CD-Regals nach den guten alten Kuschelrock-CDs. Damit ist er perfekt vorbereitet, um seiner Liebsten sein Herz auszuschütten, bildlich, sozusagen.

In diesem Sinne: Lassen Sie sich inspirieren!
Und machen Sie nichts kaputt!

Das Motivations- Monster

Früher oder später erwischt es fast jeden. Das kleine fiese Motivationsmonster. Meist fängt alles ganz harmlos an. Der Chef ordnet Überstunden an, das Haus oder die Wohnung braucht eine Totalrenovierung oder man bricht sich die Hand beim Spazierengehen. Und dann sitzt man mit eingegipsten Daumen zu Hause. Die Nase wird blass, das Wetter immer schlechter, und dann hat man fast schon Schwierigkeiten die Fernbedienung für den Fernseher in die Hand zu nehmen.

Bevor man es richtig merkt, sind ein paar Wochen rum, und niemand hat den Modellhelikopter Gassi geführt. Staub liegt auf den Rotorblättern und die Akku-Paks auf der Werkbank wölben sich träge. Das Wetter ist immer noch nicht besser geworden, und selbst der angekündigte Besuch der Schwiegermutter kann uns nicht dazu bewegen, die Fernsteuerung in die Hand zu nehmen und nach draußen zu verschwinden. Ein klarer Fall: Das Motivationsmonster hat zugeschlagen. Es zieht und zerrt und will einen vollends in das dunkle Motivationsloch, in dem es haust und seine Beute lagert, mitnehmen.

Leider ist es schwierig, sich zum Kampf dagegen auf-
zuraffen, daher haben wir exklusiv für Sie drei einfache
Tipps vorbereitet (beziehungsweise bei höchst erfolg-
reichen Motivationstrainern abgeschaut):

Tipp Nummer 1: Sport

Wären Sie da draufgekommen? Ein paar Muckis schaden beim Kampf mit dem inneren Schweinehund nicht.
Machen Sie wahlweise 70 Liegestütze, 200 Knie-
beugen oder 800 Sit-Ups und Ihr Tag beginnt, wie er

soll. Nach dieser Kleinigkeit gehen Sie 45 Minuten Joggen. Falls Sie dann noch Luft bekommen und Freizeit übrighaben, werden Sie diese bestimmt an der frischen Luft verbringen wollen.

Tipp Nummer 2: Mentale Stärke

Ein gesunder Geist wohnt in einem gesunden Körper. Falls Sie dachten, das geht von alleine, haben Sie sich geirrt. Führende Motivationsexperten empfehlen, sich das eigene Ziel immer vor Augen zu halten. Am besten, Sie stellen sich vor einen Spiegel und wiederholen, bis zu 300 Mal täglich: »Ich will fliegen gehen. Ich will fliegen gehen. Ich will . . .«

Ignorieren Sie die irritierten Blicke Ihrer Frau und Ihrer Kinder.

Tipp Nummer 3: Vergleichen Sie

Das Internet bietet eine Menge Möglichkeiten, sich vom warmen Wohnzimmer aus einige Lehrflüge in filmischer Form anzusehen. Ziehen Sie sich unbedingt die Filme der absoluten Profis rein, der Achtjährigen, die Ihnen um die Ohren fliegen. Alternativ lassen Sie Ihren Fünfjährigen einfach an den Flugsimulator. Derart angestachelt greifen Sie sich bestimmt sofort die Fernsteuerung. Oder?

Also dann: es gibt eine Menge zu tun. Haben Sie Spaß beim Fliegen und machen Sie nichts kaputt!

DIE HAUBENFRAGE

Wir schlagen unser Lexikon heute unter

H wie Haube

auf. Und dann wundert sich der Helipilot ein bisschen. Es gibt Badehauben, Bienenhauben, Duschhauben, Falkenhauben, Frisurhauben, Gefechtshauben, Kaffeehauben, Nachthauben, Sturmhauben, Dunstabzugshauben, Entlüftungshauben, Fernsprechhauben, Kühlerhauben, Motorhauben, Schutzhauben, Trockenhauben, Wandarmhauben, Schwesternhauben, Kochhauben und schlussendlich kann man auch unter die Haube kommen. Und wie heißt eigentlich das Häkelding über der Klopapierrolle auf der Hutablage?

Fassen wir zusammen: Es gibt die altertümlichen weißen Flatterdinger auf weiblichen Köpfen, die zu irgendeiner Tracht getragen werden; in Österreich und Süddeutschland heißt Haube ganz einfach Mütze; auch Pickelhauben hat es mal gegeben; eine Haube kann einen Motor schützen, einen Vogelkopf schmücken oder beim Friseur für trockenes Haar sorgen. Und warum heißt das Ding auf dem Hubschrauber auch Haube? Klar, es soll dafür sorgen, dass der Motor beim Flug nichts abbekommt, aber das ist bei weitem nicht die einzige Funktion des tollen Dings.

Bei den Scale-Helikoptern ist Perfektion gefragt. Alles muss so aussehen, wie im großen Original. Aber das ist beileibe nicht die einzige Zusatzfunktion, die die Haube übernehmen muss.

Zum Beispiel habe ich festgestellt, dass die Leuchtkraft der Haube mit zunehmendem Alter des Piloten steigt. Proportional zum abnehmenden Sehvermögen. Wetten? Wenn Sie über vierzig sind, hätten Sie am liebsten eine Haube in neongrün und -orange. Und zwar so gesprayt, dass Sie die Lage auch ohne zusammengekniffene Augen erkennen können.

In etwas jüngeren Jahren legen Piloten erfahrungsgemäß mehr Wert auf Individualität. Schließlich soll jeder sehen, wer da den Luftraum in kleine Stücke hackt. Da es nicht ganz einfach ist, die unförmigen Teile selbst zu brushen, müssen Aufkleber her. Hier ein Blitz, da eine Stromlinie, den Pilotennamen nicht vergessen. Feuer, Schlangen, Tigermuster. Totenköpfe nicht vergessen, damit wird Ihre Haube sicher einzigartig …

Ich sage es Ihnen ehrlich: Mehr Chancen aufzufallen, haben Sie da immer noch mit einer Haube, die einen lustigen Fisch oder einen bösartigen Vogelkopf oder einen bissigen Hai imitiert. Wenn Sie sich nicht daran stören, dass der Helikopter aussieht, als gehöre er eigentlich als Teddybär in die Wiege Ihrer neugeborenen Tochter. Und vorausgesetzt, Sie sind alt genug, um dem Verdacht zu entgehen, Ihrem eigenen Kuscheltier das Fliegen beigebracht zu haben.

Zu guter Letzt muss eine aktuelle Haube natürlich windschnittig wie die Karosse einer Corvette sein. Tempo ist gefragt, Windwiderstand muss minimiert werden.

Aber vielleicht ist die beste Art, eine Haube zu tragen, ganz einfach auf dem Kopf. Raffen Sie sich auch im Winter auf und lassen Sie den mehr oder weniger bunten Hubschrauber mal nach draußen. Und die Kuscheltierhaube setzen Sie sich auf den Kopf, wo sie Ihnen ganz ordinär die Birne wärmt. Viel Spaß.

Und geben Sie acht, dass Sie kein Hauben-Taucher werden (müssen). In diesem Sinne: Machen Sie nichts kaputt.

zeit FÜR sport!

Die kalte Jahreszeit neigt sich ihrem Ende zu und der Modellsportler spürt langsam ein Jucken in den Fingern. Den ganzen Winter über hat er tapfer gegen Schokonikoläuse und Glühwein gekämpft, das hat am Körper Spuren hinterlassen. Es besteht die Gefahr, dass der Pilot eventuell schon auf dem Weg vom Auto zum Flugplatz oder beim Abstellen des Fluggeräts am Startpunkt außer Puste gerät, vielleicht sogar ins Schwitzen kommt. Wie wäre es also mit ein wenig Fitnesstraining für Modellpiloten?

Zum Aufwärmen und zur Verbesserung der Koordination stellen Sie Ihren Hubschrauber bitte auf den Fußboden. Die Rotorblätter parallel zum Chassis.
Stellen Sie sich links neben den Heli und springen Sie mit beiden Beinen gleichzeitig über das Gerät, sodass Sie auf der andern Seite landen. Vergessen Sie dabei nicht, die Füße schön hochzuziehen. Für Schäden am Fluggerät kann leider nicht gehaftet werden.

Ein bisschen Ausdauersport wäre wohl auch nicht verkehrt. Haben Sie schon mal darüber nachgedacht, sich einen Anhänger für Ihr Fahrrad zu kaufen und zum Flugplatz zu radeln? Umweltfreundlich wäre das auch noch.

Apropos Akkus. Die zu stemmen sorgt für angemessene Armmuskulatur, steigern Sie sich langsam von den 4S- über 6S- zu 12S-Stangen.

Dann trainieren Sie am besten auch noch Ihre Finger, das Fliegen mit den Zeigefingern soll ja dieses Jahr im Trend liegen. Oder vielleicht besser nicht, denn den Langstreckenlauf um die Teile des abgestürzten Hubschraubers wieder einzusammeln wollten Sie dann doch vermeiden, oder?

Und kommen Sie mir jetzt nicht mit »Sport ist Mord«. Der gute Winston Churchill, der diesen

Ausspruch getan haben soll, ist zwar ganze 91 Jahre alt geworden, aber wie viele weniger berühmte, genauso faule Zeitgenossen haben dieses stolze Alter nicht erreicht?

Ich sehe schon, in einem letzten Aufbäumen wollen Sie mir jetzt sicherlich etwas von »es heißt doch: Modellsport« erzählen. Ich habe schon öfter erwähnt, dass das Unsinn ist. Den Beweis liefern mir zwei große Messeveranstaltungen in diesem Winter. Auf der ISPO, habe ich mich vergeblich nach Modellhubschraubern umgesehen. Gefunden habe ich trotzdem welche. Auf der Spielwarenmesse.

Wenn das mal kein deutliches Bekenntnis der Branche ist!

Nun, liebe Modellspieler, das soll Sie nicht von einem gesunden Geist in einem gesunden Körper abhalten. Und wenn Sie Ideen haben, wie man die Modellhubschrauber zum Sporteln benutzen kann, schreiben Sie mir.

In diesem Sinne: Bleiben Sie fit und gesund und machen Sie nichts kaputt.

UMZUGSFREUDEN

Gucken Sie mal eben in Ihr Hobbyzimmer. Denken Sie kurz darüber nach, wie Ihr Auto aussah, als Sie in den letzten Sommerurlaub aufgebrochen sind. Und jetzt stellen Sie sich vor, Sie müssten Ihre gesammelten Werke einem Umzugsunternehmen anvertrauen. Oder den Studenten vom Möbelschleppservice. Oder Ihren Freunden und Bekannten.

Okay, Sie machen das lieber selbst! Der Hubschrauber wird liebevoll in Seidenpapier eingewickelt, der Quadrocopter pikt Löcher in Luftpolsterfolie. Kann eigentlich nichts schiefgehen, oder?

Eventuell könnten die Quadrocopter sich allerdings auch selbst umziehen? Einfach ein Paket mit Akkus und Werkzeug drunterklemmen und ab gehts. DHLs Paketdrohnen machen es vor.

Gleiches gilt natürlich auch für die großen Hubschrauber, wenigstens wenn der Weg zur nächsten Wohnung nicht so lang ist. Reichweitenprobleme sind heutzutage schließlich bei allen Elektrofahrzeugen normal. Sehen Sie also lieber zu, dass Ihr nächster Wohnort nicht mehr als 250 m von Ihrer alten Wohnung entfernt liegt.

Sobald die ersten beiden Hubschrauber in den Karton eingepackt sind, wird es leichter. Ich meine, einpacken hat ja sowieso immer etwas von einem Abschied. Für den unwahrscheinlichen Fall, dass ein bisschen was kaputt geht, verabschieden Sie sich beim Einpacken von jedem Teil persönlich und mindestens mit einem zärtlichen Blick. Nur für den unwahrscheinlichen Fall, dass Sie nach dem Auspacken am Zielort ein Bastelset vorfinden.

Aber selbst wenn das passiert: Seien Sie nicht traurig, das lässt sich reparieren. Und Ihr Modellhelikopter ist bestimmt nicht das empfindlichste Modell auf Erden.

Das ist wohl eher mein Mini aus Lego.

In diesem Sinne: Machen Sie nichts kaputt
(oder wenigstens schnell wieder heile)!

MODELLFLIEGER-SPRÜCHE

Hobbyisten und Freizeitsportler, die etwas auf sich halten, haben eine eigene Sprache. Fußballer zum Beispiel. Abseits, Elfmeter, Chancenplus und Flasche leer – manches versteht man als Unbeteiligter einfach nicht, wenn man sich nicht mit der Materie beschäftigt.

Und doch wird versucht, die Faszination zu vermitteln, mal mehr, mal weniger elegant. Sie wissen ja: Als Gott gemerkt hat, dass Modellfliegen nur für die Besten ist, hat er Fußball für den Rest erfunden.

Nehmen wir uns also kurz Zeit und untersuchen das Hobby anhand der Sprüche, die im Internet dazu zu finden sind. Zunächst die Kategorie »Erklärbär«, gut geeignet auch für die informativen Filme aus der Sendung mit der Maus.

Unverzichtbar scheint das Modellpiloten-T-Shirt, das Antworten auf alle wichtigen (doofen) Fragen gibt, so zum Beispiel:

*Elektro- oder Verbrenner – kann man
lernen – nein, du darfst nicht fliegen!*

Dann, und das hat mich zugegebenermaßen überrascht, scheinen Modellflieger auch eine sensible Seite nach außen zu tragen. Einer dankt den Erfindern des bemannten Flugs: *Thanks to the brothers Wright for inventing my passion.* Respekt.

Persönlich bin ich zwar der Ansicht, dass die wichtigsten Erfindungen der Menschheit die Spülmaschine, die Waschmaschine und der Staubsauger sind, aber die beiden Jungs haben durchaus einen guten Job gemacht. Ein anderer wird fast schon philosophisch und schreibt: *Zahme Vögel träumen von Freiheit, wilde Vögel fliegen.*

Ich lass das mal so stehen. Aber den Menschen, der das auf dem T-Shirt stehen hat und dabei eine Fernsteuerung in der Hand, den würde ich mir gerne mal angucken.

In die gleiche Kerbe haut:

> *Always remember: You fly an aeroplane with*
> *your head, not with your hands.*

Definitiv ein guter Tipp: Kopf einschalten beim Fliegen.

Nicht zu vergessen die Schenkelklopfer-Sprüche, die man auf Hinweisschildern an Hobbyräumen oder eben auch auf T-Shirts sieht:

> *Ich bin ein Model(-lbauer).*
> *Wer fliegt, stolpert nicht.*
> *Ich bin Modellbauer – was ist deine Superkraft?*
> *Der tut nichts, der will nur fliegen.*

Richtig besorgt und über den Gesundheitszustand meiner Piloten nachdenken lassen, hat mich aber dieser Tipp:

> *Drei von fünf Modellfliegern können nicht*
> *entspannen – gib nicht auf – lerne segeln.*

Damit wünsche ich Ihnen wie immer (mit dem einzig wahren Modellfliegerspruch): Viel Spaß und machen Sie nichts kaputt!

Die ideale Frau des Modellbauers

Sind Sie auf der Suche nach einer Gefährtin? Oder haben Sie schon eine Freundin oder Ehefrau und wollen Sie sie auf langfristige Tauglichkeit überprüfen? Dann habe ich hier eine einfache Checkliste für Sie:

1. Ihre Auserwählte sollte sich dafür interessieren, was Sie da machen. Dieser Punkt hat aber einen Haken, denn bei zu viel Interesse könnte es gleich zwei Probleme geben. Erstens könnte die Gute wissen wollen, warum die Rechnungen aus dem Modellbaushop so hoch sind. Und zweitens, wenn sie selbst das gleiche Hobby hat, könnten Sie sich fragen, warum die Rechnungen aus dem Modellbaushop so hoch sind.

2. Was uns zu einem Punkt bringt, den Sie bei der Partnerwahl im Hinterkopf bewahren sollten: Wie wäre es mit einem schon etwas älteren, vielleicht sogar angeknitterten Exemplar, das im Gegenzug mit reichlich Vermögen gesegnet ist?

Wenn Ihre reiche bessere Hälfte für die Bezahlung der Rechnungen aus dem Modellbaushop sorgt, fliegt es sich gleich viel befreiter. Sie werden sehen, wie viele neue Figuren Sie in kürzester Zeit lernen werden, wenn es einfach egal ist, wie tückisch die Schwerkraft ist. Und nachts ist es ja sowieso dunkel.

3. Wenn es Ihnen nicht gelingt, eine reiche alte Dame aufzutun, dann könnten Sie immerhin darauf achten, dass das Hobby Ihrer Zukünftigen mit dem Ihren gut zusammenpasst. Beispiele? Wie wäre es mit Lesen, große Mengen Fleisch grillen, Bierholen oder Grashalme auf dem Flugplatz zählen?

4. Achten Sie bei Ihrer Wahl auf ausreichende Reise-
    bereitschaft. Schließlich wollen Sie sich Flugtage,
    Veranstaltungen und Messen nicht entgehen
    lassen. Und während Ihre Frau das Auto fährt,
    machen Sie ein Nickerchen und kommen dann
    ausgeruht und gut gelaunt am Zielort an.

5. Nicht zu vergessen sind Kontaktfreudigkeit
    und Flexibilität. Schließlich sollte sich Ihre
    Freundin sowohl mit der achtzigjährigen Unter-
    nehmerswitwe Ihres besten Freundes verste-
    hen, als auch mit der Frau am Grill, die gerade das
    achte Steak für ihren Mann zubereitet.

In diesem Sinne: Machen Sie nichts kaputt!

Seltsame Einkäufe

Ich war da neulich in so einem Laden.

Haben Sie mal Shades of Grey gelesen oder gesehen? Es geht um eine junge Frau, Anastasia, die einen reichen, gutaussehenden Unternehmer, Christian, kennenlernt, der ihr seine Zuneigung mit, sagen wir es einmal so, allerhand Werkzeugen, anwendbar eher in einem intimeren Bereich des menschlichen Zusammenlebens, zeigt. Und dabei würde man bei der Anwendung dieser Werkzeuge jetzt nicht unbedingt immer darauf kommen, dass das nett gemeint ist. Äh.

Bevor ich jetzt weiter rumeiere, schlage ich vor, Sie googlen das schnell, vorausgesetzt, Sie sind über 18 Jahre alt.

Jedenfalls stand ich eben in diesem Laden und musste an dieses Buch denken. Die Wände sahen aus, als wären sie schallisoliert, darüber Lochbleche, an denen ganz viele verschiedene Dinge mit unverständlichen Namen hingen.

Alle möglichen Blätter und Stangen gab es auch. Das sah so aus, wie man sich die Dinger vorstellen könnte, mit denen Christian seine Anastasia »bestraft« hat. Sie wissen schon. Kleine Schrauben,

Rädchen, undefinierbare Teile, die allen möglichen Zwecken dienen können. Bildschirme in einer Ecke (keine Einzelkabinen). Irgendwas mit taumeln zum Beispiel, könnte was mit Liebestaumel zu tun gehabt haben. Interessanterweise nur Männer im Laden (außer mir selbstverständlich). Fehlte bloß noch, dass die Einkäufe in braunen, unauffälligen Plastiktüten mitgegeben würden.

Wurden sie natürlich nicht. Sie wissen längst, wo ich war.

Aber mal ehrlich, ist das nicht wirklich ein bittersü-
ßes Hobby? Dieses Modellfliegen? Obwohl ich glaube,
als Modellflieger quält man in erster Linie sich selbst.
Erst dieses Zusammenbauen von Modellen, macht
das denn wirklich Spaß? Und dann erhebt sich das,
was man da in stunden-, tage-, wochenlanger Arbeit
geschraubt hat, in die Luft. Allerdings in eine sehr
feindliche Umwelt, bei der Springrasen und plötzlich
aus dem Boden schießende Bäume nur darauf warten,
ihr zerstörerisches Werk zu beginnen. Nervenkitzel
und zitternde Finger, oder?

Bücher sind übrigens zeitweise auch ganz gut
für den Nervenkitzel geeignet. Und viel friedfertiger
(sagte sie, bevor ihr das dicke Lexikon auf den Fuß fiel).

In diesem Sinne: Genießen Sie die Zeit mit Ihrem Hobby.
Und machen Sie nichts kaputt!

PUBERTIERE IM URLAUB

Wenn man aus dem Urlaub zurückkommt, so wie wir gerade, sollte man meinen, es gäbe nichts zu meckern. Entspannung, Zeit mit der Familie, einfach mal nichts tun. Woher also ein Kolumnenthema nehmen? Hab ich schon erwähnt, dass wir öfter in dieses Modellflieger-Hotel fahren?

Schon beim Frühstücksbuffet fängt die Entspannung an. Zumindest für die halbwüchsigen Piloten, die schon morgens früh so entspannt sind, dass sie fast auf der Tischplatte liegen – einzig der unter den Kopf geschobene Ellenbogen verhindert die vollständige Verschmelzung mit der rosa Tischdecke.

Als Erwachsener entgeht man dem Anblick am besten durch möglichst häufige Besuche des Buffets. Das Hotel hat diesbezüglich mitgedacht. Bei der Bedienung des Eierkochers bringt die vorgeschlagene Eierkochzeit von acht Minuten ziemlich flüssige Eier. Wenn man allerdings das Ei ins heiße Wasser legt, nach fünf Minuten umdreht und nach weiteren fünf Minuten abholt, hat man nicht nur ein gutes Frühstücksei, nein, man ist sogar dem Anblick der Pubertiere für insgesamt dreimal zwei Minuten entronnen.

Natürlich kann man sich der Erziehungsaufgabe auch stellen. Dazu weist man die Jungpiloten erst an, gerade zu sitzen (das ist wichtig, um eine gleichartige Ausgangsposition für verschiedene Versuche zu gewährleisten). Dann macht man einen Vorschlag, wie der Tag zu verbringen sei.

Einen interessanten Effekt erzeugt die Idee, am Vormittag zu lernen. Nach einem kurzen Aufbäumen, garniert mit einem bösen Blick (von der Schilderung der entsprechenden Lautäußerungen sehe ich hier im Zuge des Jugendschutzes ab), setzt eine sofortige, noch intensivere Verschmelzung mit der Tischwäsche ein.

Für den nächsten Tag empfehle ich eine Variation der Anweisung: Mit dem Vorschlag, Wandern zu gehen, haben wir sehr gute Erfahrungen gemacht. Nach dem obligatorischen Protest folgt zuverlässig eine Schilderung körperlicher Gebrechen, die jedem Seniorennachmittag Ehre machen würde.

Lassen Sie sich davon nicht abhalten. Eine Steigerung kann durchaus erreicht werden, wenn man am Tag nach einer harten, zwanzigminütigen Wanderung eine weitere vorschlägt. Danach können Sie dann mit einem Flugtag für gute Stimmung sorgen. Je länger Sie die Piloten zuvor auf die Folter gespannt haben, desto wahrscheinlicher ist eine mehrminütige Dankbarkeit vom Nachwuchs zu erwarten.

Sollten Sie, so wie wir, außer einem flugsüchtigen noch ein weiteres Kind dabei haben, ist die Auswahl des Hotels natürlich besonders wichtig. Es empfiehlt sich eines mit freiem WLAN auf dem Modellflugplatz.

Mit den entsprechenden Geräten ausgestattet und mit genügend Akkuleistung versorgt, wird sich auch bei Nicht-Fliegern ein zartes Lächeln auf das Gesicht stehlen.

Wenn Sie Glück haben, lernen Sie selbst auch noch was dabei. Ich wusste zum Beispiel vorher nicht, dass ein deutscher Netflix-Account auch in Österreich funktioniert.

Und machen Sie sich nichts daraus, wenn der Piloten-Bengel Sie beim Fliegen mit ungeahntem Elan übertrumpft. Sie können sich ja am nächsten Morgen mit einer Wanderung rächen.

In diesem Sinne: Machen Sie nichts kaputt (und Junior auch nicht)!

ES HeRBStelt

Eigentlich wollte ich als ersten Satz schreiben: Jetzt steht der Herbst vor der Tür. Dann hab ich nochmal auf das Datum geschaut und musste erkennen: Der Herbst ist längst da. Es steht fast schon Weihnachten vor der Tür.

Der Herbst ist irgendwie Katalogzeit, bei Ihnen auch? Als Kind hab ich immer Kataloge gewälzt und »Haben« gespielt. Das geht so: Man blättert durch den Katalog und immer wenn einem etwas gefällt, tippt man mit dem Finger drauf und sagt »Haben!«. Das war's schon. Nicht sehr spektakulär, dafür preisgünstig.

Manchmal mache ich das heute noch gern. Was ich aber auch gern mache, und nun kommt wieder die Jahreszeit ins Spiel, ist in Katalogen nach Geschenken stöbern. Dazu mag ich besonders diese Kataloge, in denen lauter sinnloses Zeug ist. Ja, auch die Modellbaukataloge.

Aber es ist wirklich sehr, sehr schwierig, darin ein Geschenk zu finden, das praktisch, nützlich, nicht ganz so teuer und wenigstens ein bisschen sexy ist. Stellen Sie sich einfach auf der einen Seite zwei oder drei Akkus für einen 180er vor und auf der anderen Seite einen magnetischen Bierbaum, der das lästige Aufsammeln von Kronkorken erspart. Was sieht wohl besser aus unterm Weihnachtsbaum?

Brauchen Sie wirklich diesen neuen Brushless-Motor? Verpackt, ein bisschen größer als eine Streichholzschachtel. Okay, man könnte vielleicht eine große Schleife daran machen. Aber was ist das schon gegen einen Fensterputzroboter! (Sagen Sie jetzt nicht, das wäre was für Ihre Frau. Da ist ein Kabel dran und eine Funkfernbedienung, das ist was für Modell-Wischer!)

Und mal ehrlich: Wollten Sie nicht immer schon Ihre Airbrush-Fähigkeiten verfeinern, damit die personalisierten Hauben nicht immer so verdammt teuer sind? Mit der Lebensmittelfarben-Airbrushstation (Einzigartige Motivtorten für jeden Anlass!) macht das Üben zweimal Spaß. Erst versuchen Sie sich an Flammen und Totenköpfen (oder was auch immer) und wenn es nichts geworden ist, essen Sie die Torte einfach auf.

Schnell weiter stöbern, bevor die vorgestellten Kalorien an die Hüfte springen. Kameradrohnen mit gut 7 cm Länge. Gut. Sogar ich weiß, dass das nichts taugt. Nepp für Unwissende. Aber wie wäre es mit einem Leatherman-Armband? Die wichtigsten Werkzeuge immer am Handgelenk dabei? Oder mit dem Hocker, den man vor die Toilette stellt. Wie? Den haben Sie gerade erst aussortiert, weil die Kinder jetzt groß genug sind? Tja, Pech gehabt. Heute macht man große Geschäfte im Hocken, da brauchen Sie sowas selbst. Auch schön und ein sinnloser Stromverbraucher (nein, ich rede natürlich nicht von dem Zeug, das in Ihrem Hobbykeller steht!): Ein UV-Schuh-Desinfizierer. Damit das Stinken in den Latschen endlich aufhört.

Ach, ich könnte endlos weiterwälzen. Aber vielleicht nutzen Sie einen der Herbsttage und schreiben einen Wunschzettel. Nur mal so als Tipp.

In diesem Sinne: Machen Sie nichts kaputt!

Was macht eigentlich ihre Frau?

Was Sie diesen Sommer machen, ist klar, oder? Sie stehen auf dem Flugplatz, fliegen Hubschrauber oder Fläche. Außer, Sie haben ein bisschen Pech und stoßen auf Springrasen. Dann schrauben Sie schnell alles zusammen, um beim nächsten Sonnenstrahl draußen zu stehen.

Sie packen Hubschrauber, Akkus und Ladegeräte ins Auto und winken der Gattin (oder Freundin) noch freundlich zu. Dann sind Sie weg.

Aber haben Sie sich schon mal überlegt, was Ihre Frau eigentlich tut, während Sie Hirn und Feinmotorik trainieren?

Da gibt es mehrere Möglichkeiten …

Erstens, Ihre Frau steht gern am Herd. Dann wird sie vielleicht Kuchen backen, Marmelade einkochen oder das Abendessen vorbereiten. Sie sind ein glücklicher Mann.

Zweitens könnte es sein, dass Ihre Frau ebenfalls ein Hobby pflegt. Sie gärtnert vielleicht (wenn

Sie Glück haben, springt dabei was Leckeres zu essen raus und nicht nur Blümchen), sie striegelt den Gaul (Reitsport soll ja sehr gut für die Gesundheit sein) oder liest ein Buch (sehr lobenswert, meiner Meinung nach).

Wenn abends weder Kuchen noch Blumensträuße aus dem Garten auf Sie warten, könnte es natürlich auch sein, dass Ihre Gattin ein bei Frauen sehr beliebtes Hobby pflegt: Shoppen. Oder dachten Sie wirklich, dass es nur an Ihnen und den Hubschraubern liegt, dass Sie ständig pleite sind und die Haushaltskasse immer leer ist?

Ich dagegen habe mir eine andere Beschäftigung gesucht. Eine äußerst befriedigende. Ich morde. Schriftlich.

Eine außerordentlich entspannende Tätigkeit, kann ich nur empfehlen. Aufgestaute Aggressionen gegen wen oder was auch immer werden dabei einfach in die Fingerspitzen geleitet (fast wie bei der Fernsteuerung) und dann tippt man wie eine Wahnsinnige auf der Laptoptastatur rum. Zwischendurch hält man kurz inne (lädt die Akkus auf) und macht sich ein paar mörderische Gedanken.

Herauskommen kann ein Buch, zumindest kam bei mir eins raus. Ein Krimi. Mein drittes Baby und das einzige, das ziemlich sicher niemals mit dem Helifliegen anfangen wird. (Sie sehen schon, es ist mir über die Jahre der Entstehung schon ziemlich ans Herz gewachsen).

Wenn Sie manchmal ein Buch lesen (Bücher sind die Dinger aus Papier, die den Helikoptern den Platz im Regal wegnehmen), dann kaufen Sie es. Obwohl keine Modellflieger drin vorkommen (nochmal Glück gehabt, aber das muss nicht so bleiben!). Oder Sie schenken es Ihrer Frau, WEIL keine Helikopter darin vorkommen.

Es heißt »Teufelstritt«, ist bei Goldmann erschienen und die Autorin heißt Ursula Hahnenberg. So wie ich.

Insofern können alle nur gewinnen: Sie, weil Ihre Frau was Sinnvolles zu tun hat, während Sie nicht da sind und mein Mann, weil ich am zweiten Band arbeite.

Zwischendurch schreibe ich noch Kolumnen. Und Sie fliegen. Machen Sie dabei nichts kaputt!

Die Autorin

Ursula Hahnenberg, Jahrgang 1974, lebt mit ihrer Familie in Berlin. Sie studierte Forstwissenschaften, arbeitete bei einer Baumaschinenfirma, einem Autohersteller und einer Unternehmensberatung, hatte einen Laden für Modelleisenbahnen und einen für Kinderbekleidung. Heute ist sie als freie Autorin tätig und schreibt neben Büchern auch Artikel und Kolumnen, zum Beispiel in der Zeitschrift »Rotor«. Außerdem korrigiert und lektoriert sie Texte. Sie arbeitet an ihrem dritten Krimi, wird durch die Verlagsagentur Lianne Kolf vertreten und ist Mitglied beim Verband der freien Lektorinnen und Lektoren (www.lektoren.de), bei den 42er Autoren und bei den Mörderischen Schwestern.

DER KARIKATURIST

Klaus Heilmann, geboren 1966 in Gera/Thüringen, wuchs in einem Umfeld von Kunst und Handwerk auf. Einen Teil seiner Ferien verbrachte er im Bühnenmalsaal und in der Tischlerei des Gerarer Stadttheaters. Bei Künstlern wie Eberhard Dietzsch und Jürgen Bathusek erhielt er das Rüstzeug eines Zeichners, bei seinem Vater das handwerkliche. Er arbeitete an verschiedenen Kunstprojekten in Gera und Brandenburg mit und verbrachte einige Zeit an der Kunsthochschule in Kiel. So erwarb er im Laufe der Jahre reiche Kenntnisse über künstlerische Arbeitsprozesse und kunsthandwerkliche Fähigkeiten. Im Jahr 2000 gab er seinen erlernten Hauptberuf als Kunststeinsetzer auf und widmet sich seitdem ganz der Kunst. Heute entstehen neben eigenen freien Werken vorwiegend Auftragsarbeiten für Kunden aus ganz Europa und Amerika.

Zeitfracht Medien GmbH
Ferdinand-Jühlke-Straße 7
99095 Erfurt, Deutschland
produktsicherheit@kolibri360.de